First published in Japan in 2013 by Akita Publishing Co., Ltd., Tokyo
French translation rights arranged with Akita Publishing Co., Ltd.
through Tuttle-Mori Agency, Inc.

Édition française

Traduction :
David Le Quéré

Adaptation graphique :
Clair Obscur

ISBN : 978-2-35592-741-6
Dépôt légal : novembre 2014
Achevé d'imprimer en Italie en avril 2021 par Grafica Veneta.

Q : JE VOUDRAIS ACHETER DES POINTS AVEC DE L'ARGENT.

R : NOUS SOMMES DÉSOLÉS, MAIS C'EST IMPOSSIBLE.

Q : CE JEU EST ILLÉGAL. COMMENT FAITES-VOUS POUR ÉCHAPPER À LA JUSTICE ?

R : LE DARWIN'S GAME N'ENCOURAGE AUCUNE ACTIVITÉ ILLÉGALE.

Q : VOUS VOUS FICHEZ DE MA GUEULE ?! DÉCONNECTEZ-MOI DE CE FOUTU JEU !

R : LA PROGRAMMATION DU JEU NE PERMET PAS LA DÉSINSCRIPTION. MERCI DE VOTRE COMPRÉHENSION.

Q : CERTAINS DISENT QUE LE GOUVERNEMENT EST IMPLIQUÉ DANS LE FONCTIONNEMENT DE CE JEU. EST-CE VRAI ?

R : NOUS NE POUVONS PAS RÉPONDRE AUX QUESTIONS CONCERNANT L'ADMINISTRATION DU DARWIN'S GAME.

Q : LES MEMBRES DU CLAN DES EIGHTH SE SERVENT DE LEUR SIGIL EN DEHORS DU JEU ! QU'EST-CE QUE VOUS ATTENDEZ POUR FAIRE QUELQUE CHOSE ?!

R : L'ADMINISTRATION DU DARWIN'S GAME A POUR PRINCIPE DE NE PAS INTERVENIR DANS LES ACTIVITÉS DES JOUEURS TANT QUE CELLES-CI NE MENACENT PAS LA BONNE MARCHE DU JEU.

Q : LE GROUPE D'ASSURANCES KANEHIRA NE RESPECTE PAS LES CONDITIONS D'UTILISATION ! QU'EST-CE QUE VOUS ATTENDEZ POUR FAIRE QUELQUE CHOSE ?!

R : L'ADMINISTRATION DU DARWIN'S GAME A POUR PRINCIPE DE NE PAS INTERVENIR DANS LES ACTIVITÉS DES JOUEURS TANT QUE CELLES-CI NE MENACENT PAS LA BONNE MARCHE DU JEU.

Q : JE NE TROUVE JAMAIS D'ARME DANS LES GACHA. QUELLES SONT LES CHANCES D'EN OBTENIR UNE ?

R : LES ARMES SONT DES ITEMS RARES. LA PROBABILITÉ D'EN GAGNER SUR UN TIRAGE EST D'ENVIRON 8 %.

Q : MON SIGIL EST TOUT POURRI. JE FAIS COMMENT POUR EN CHANGER ?

R : RECOMMENCEZ VOTRE PERSONNAGE À ZÉRO.

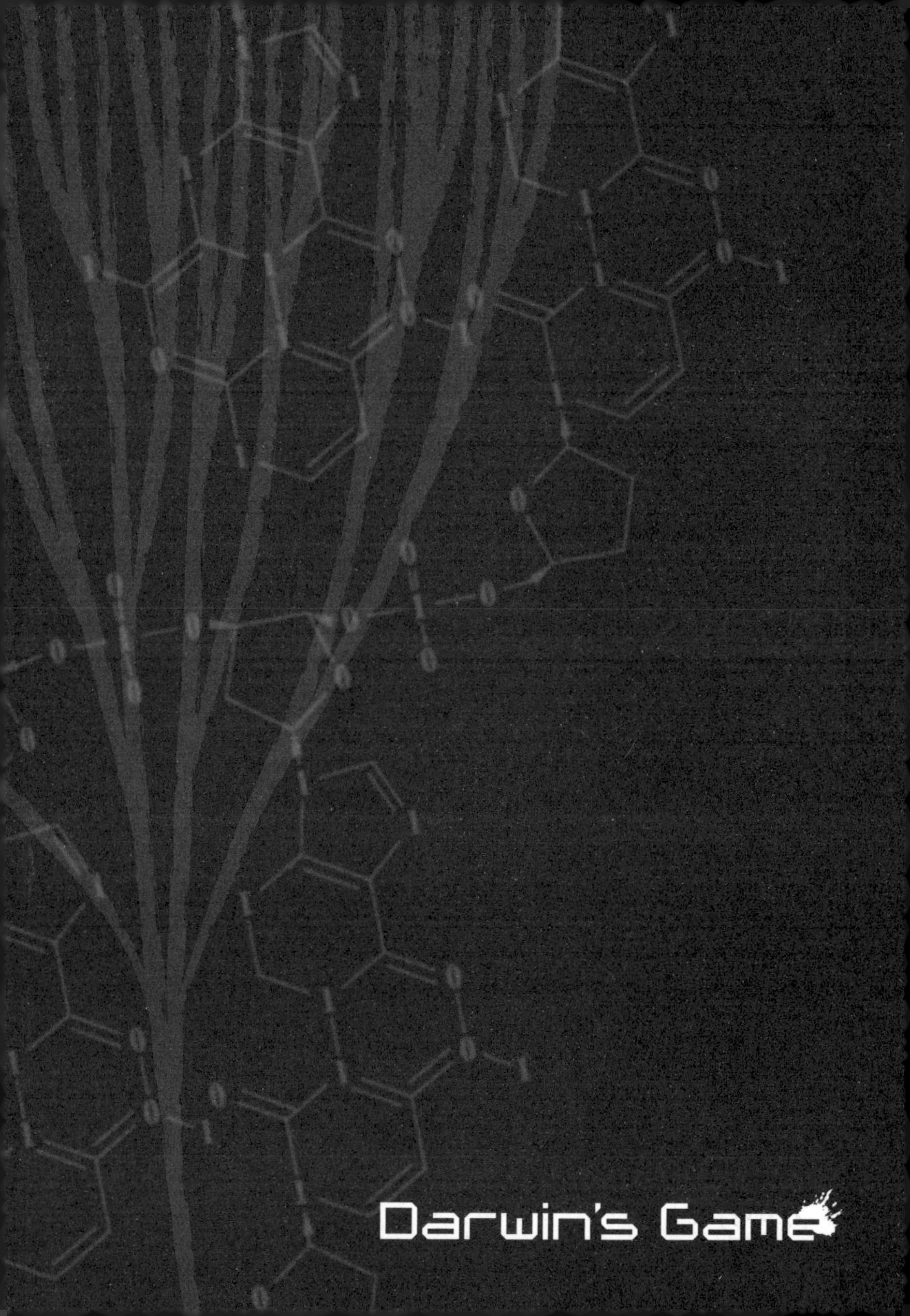
Darwin's Game

23:51:
BIP
299 joueurs participent à la chasse au trésor !!
À SUIVRE...

QUOI ?
MAIS... COMMENT ...
BOUM
HIIII !!
C'ÉTAIT QUOI, UNE EXPLOSION ?!
S'IL VOUS PLAÎT !
LAISSEZ PASSER !
JE SUIS DE LA POLICE !
QUELQUE CHOSE EST TOMBÉ DE L'IMMEUBLE !
C'EST PAS POSSIBLE !

DÉSO-LÉE, MAIS C'EST TOI QUI VAS MOURIR !
EN FAIT, JE T'AI DÉJÀ TUÉ !
AH OUAIS ?!
FSH
VROUF
AAAH !!
FRSHHH
J'AI EU DE LA CHANCE DE POUVOIR T'ÉLIMINER AVANT QUE LA SITUATION TOURNE AU CHAOS !
MES FLAMMES ATTEIGNENT LES 4 000 DEGRÉS...
BOUM
TING
IL NE RESTERA RIEN DE TOI, PAS MÊME LES OS !!

TAP
スッ
SALUT, TOI !
LA FÊTE VIENT À PEINE DE COMMENCER ET TU AS DÉJÀ DES ENVIES DE SUICIDE ?

LES JOUEURS VONT SE LES ARRACHER… CE SERA MOINS UNE CHASSE AU TRÉSOR QU'UNE BOUCHERIE FAÇON SURVIVAL !
SI J'AI BIEN COMPRIS, AUJOURD'HUI…
ON TUE ET ON PREND ! ÇA TOMBE BIEN, C'EST MA SPÉCIALITÉ !
ET LE PLUS BEAU, C'EST QUE ÇA SE PASSE CHEZ MOI, À SHIBUYA !
TU ES LE MEILLEUR, D-GAME !!
JE T'ADORE !!
GH… C'EST ONE, LE LEADER DES EIGHTH !
QUELLE POISSE DE TOMBER SUR LUI DÈS LE DÉBUT !
D'UN AUTRE CÔTÉ, C'EST L'OCCASION DE ME DÉBARRASSER D'UN DES JOUEURS LES PLUS DANGEREUX !
POF
ROLL
HEIN ?!
UNE BOULE DE PAPIER ?

JE N'AVAIS PAS PRÉVU ...
D'ÊTRE TÉLÉPORTÉE AUSSI SOUDAINEMENT ...
ENCORE UNE CHANCE QUE J'AIE EU LE TEMPS D'ATTRAPER MA MALLETTE !
"SI PERSONNE N'A TERMINÉ LE JEU AU BOUT DU TEMPS IMPARTI...
LES JOUEURS AYANT MOINS DE TROIS BRACELETS EN LEUR POSSESSION SERONT GAME OVER"...
VU CETTE RÈGLE, JE M'ATTENDS AU PIRE !
mps restant :
23:57:21
300 joueurs participent à la chasse au trésor !!
ÇA M'ÉTONNERAIT FORT QUE LE D-GAME AIT PRÉVU SUFFISAMMENT DE BRACELETS POUR TOUT LE MONDE...

AH OUI ! LE SERPENT !
IL EST SORTI DE MON TÉLÉPHONE QUAND J'AI TÉLÉCHARGÉ LE JEU...
ET PAF ! JE ME SUIS RETROUVÉ ICI !
C'ÉTAIT UNE HALLUCINATION ? ON M'AURAIT DROGUÉ ?!
IL EST QUELLE HEURE ?
12 H 03 ? IL NE S'EST MÊME PAS ÉCOULÉ CINQ MINUTES !
JE SERAIS RESTÉ DANS LES VAPES PLUS LONGTEMPS SI ON M'AVAIT FAIT PRENDRE UN PRODUIT QUELCONQUE...
DU COUP, C'EST ENCORE PLUS BIZARRE...
IL Y A 20 KM ENTRE ICI ET URAGA !
JE SUIS TOMBÉ DANS UNE DISTORSION SPATIALE OU QUOI ?
PFF ...

ET ON N'EST PAS LES SEULS, ON DIRAIT !
DING DONG
DING DONG
DING DONG
DING DONG
DING DONG
DING DONG
DING
DONG
SH... SHIBUYA ?
JE SUIS À SHIBUYA ?
DING
DONG
DING
DONG
QU'EST-CE QUI S'EST PASSÉ ?
J'ÉTAIS À URAGA IL Y A UN INSTANT !
JE SUIS EN TRAIN DE RÊVER, C'EST ÇA ?

DING
DONG
DING
DONG
GNR-MART
DONG
DING
C'EST QUOI, CETTE ESPÈCE DE CARILLON ?
IL Y A UNE CLOCHE QUI ANNONCE MIDI, À SHIBUYA ?
DING DONG
EH, T'AS VU ? C'EST MARRANT...
DING DONG
NOS PORTABLES SE SONT MIS À SONNER EN MÊME TEMPS !
DING DONG
AH OUI, C'EST BIZARRE ...

12:01
MENU
STATUT
GACHA
POINTS
COMBAT
CLASSEMENT
ÉVÉNEMENT SPÉCIAL
CHASSE AU TRÉSOR
Gagnez des milliers de points en trouvant le trésor caché dans le quartier de Shibuya ! La partie durera 24 heures. Le mode "Battle Royale" est activé pour les 300 participants, n'hésitez pas à attaquer qui vous voulez !
Sept types de bracelets sont dissimulés dans la ville : topaze, péridot, lapis-lazuli, rubis, saphir, émeraude et diamant. Une fois la partie terminée, vous pourrez les convertir en points suivant le barème ci-dessous.
Topaze 100 pt
Péridot 150 pt
Lapis-lazuli 300 pt
Rubis 500 pt
Saphir 800 pt
Émeraude 1 200 pt
Diamant 2 000 pt
Si personne n'a terminé le jeu au bout du temps imparti, les joueurs ayant moins de trois bracelets en leur possession seront "game over".
Pour trouver les bracelets, servez-vous de la carte et de la nouvelle fonction "détection" ! (La fonction "recherche" est inutilisable sur les joueurs dans la zone dédiée à la chasse au trésor. De plus, tout joueur sortant de la zone de Shibuya avant la fin de l'événement sera "game over".)
Cherchez le trésor dans la joie et
LES SALAUDS !
"CHERCHEZ LES TRÉSORS DANS LA JOIE ET LA BONNE HUMEUR"... ILS SE FOUTENT DE NOTRE GUEULE !
JE LE SENS VRAIMENT TRÈS MAL !

OK ! JE T'AP-PELLE DÈS QU...
HEIN ?!
C'EST DONC COMME ÇA QUE ÇA SE PASSE ?
OÙ EST-CE QUE J'AI ATTERRI ?!
SELON MON GPS, JE SUIS ENCORE À SHIBUYA...
MAIS PLUS DANS LE MÊME SECTEUR !
TRILILILI !
La chasse au trésor

CETTE SONNERIE...
DONG
ELLE ANNONCE LE DÉBUT DE LA CHASSE AU TRÉSOR ?
DING
FSHHH
チィィィ
MAIS...
QU'EST-CE QUE C'EST QUE CES CUBES ?!
PAS DE PANIQUE...
ILS SONT LIÉS À LA TÉLÉPORTATION !
ON VA ÊTRE TÉLÉPORTÉS ?!
C'EST ICI QU'ON SE SÉPARE...
À LA REVOYURE !
TÂCHEZ DE SURVIVRE JUSQU'À NOTRE PROCHAIN COMBAT !
KANAME ! RIEN NE DIT QU'ON SERA ENVOYÉS AU MÊME ENDROIT !
SI ON EST SÉPARÉS, IL FAUDRA SE REJOINDRE LE PLUS VITE POSSIBLE !

ON AURAIT PEUT-ÊTRE DÛ SE PRÉPARER…
ET COMMENT ?
PUISQU'IL FAUT TROUVER DES TRÉSORS, ON AURAIT PU PRENDRE DES PELLES !
TU VEUX CREUSER DES TROUS ?
C'EST VRAI QUE CE N'EST PROBABLEMENT PAS LE BUT DU JEU…
AU MOINS, ON DEVRAIT ÉVITER LES SCÉNARIOS DE TYPE "BATTLE ROYALE"…
PARCE QUE ÇA EXISTE ?!
C'EST DÉJÀ ARRIVÉ IL Y A LONGTEMPS, SELON UN ANCIEN DE MON CLAN…
CENT PARTICIPANTS ET UN SEUL SURVIVANT… UN VRAI MONSTRE, À CE QU'IL PARAÎT !
LA VACHE !
À PROPOS, JE ME DEMANDAIS DEPUIS COMBIEN DE TEMPS LE D-GAME EXIS…
DING
DONG
DING
DONG

AH OUI, C'EST CE FAMEUX ÉVÉNEMENT !
00:00:52
IL RESTE MOINS D'UNE MINUTE...
QU'EST-CE QUI NOUS ATTEND, À TON AVIS ?
AUCUNE IDÉE ! ON VERRA BIEN QUAND ÇA COMMEN-CERA !
VOUS AUSSI, VOUS AVEZ REÇU L'AN-NONCE ?
ÉVÉNEMENT SPÉCIAL
CHASSE AU TRÉSOR
BIENVENUE AU CLUB !
HEIN ? JE CROYAIS QUE C'ÉTAIT RÉSERVÉ À UNE POIGNÉE DE JOUEURS, MAIS ON SERA PEUT-ÊTRE NOMBREUX, EN FAIT !
JE T'AI DIT D'ARRÊ-TER LES FAMILIA-RITÉS, INUTILE !
TU TE CROIS DRÔLE ? C'EST "INUKAI", PAS "INUTILE", ABRUTIE !
...

AU FAIT, MERCI BEAUCOUP...
D'ÊTRE VENUE ME SAUVER !
POF
C... C'EST NORMAL, ENTRE ALLIÉS !
LA PARTIE COMMENCE DANS UNE MINUTE !
QUOI ? QUELLE PARTIE ?

TU ES AU LYCÉE ?
EUH... MOI ?
OUI, EN PREMIÈRE...
VRAIMENT ? J'AURAIS PAS CRU !
MOI, C'EST INUKAI, DU CLUB DE BOXE DANJO !
JE SUIS EN SEC...
TU ES PLUS JEUNE QUE MOI ?!
QUI T'A DEMANDÉ DE TE TAPER LA DISCUTE ?!
TU ES NOTRE ENNEMI, JE TE RAPPELLE !
BAH, C'EST BON ! ON A FAIT LA PAIX...
EN TOUT CAS POUR AUJOURD'HUI !
PFF...

LA PARTIE EST TERMINÉE ! LE JOUEUR INUKAI S'EST RENDU !
SHUKA !
SI TU VEUX QU'ON FASSE ÉQUIPE, IL VA FALLOIR TE CALMER UN PEU !
ALORS LES MENACES DE MORT, C'EST TERMINÉ ! OK ?
PFF...
D'AC-CORD !
TIENS !
PAF

QU'EST-CE QUE TU DÉCIDES ?!
TU ES PRÊT À DIRE ADIEU À TON PORTABLE ET À TE BATTRE À UN CONTRE DEUX ?!
GRR...
ET ZUT ! C'EST BON...
TU AS GAGNÉ !
JE ME RENDS !
C'EST TOUT POUR AUJOURD'HUI !

AH !
JE CROYAIS QU'IL FALLAIT ÉVITER DE SORTIR SON TÉLÉPHONE EN PUBLIC...
TU DEVRAIS SUIVRE TES PROPRES CONSEILS, MON POTE !
C'EST QUAND JE L'AI FRAPPÉ !!

EH, LE MANIAQUE DE LA BASTON !
ABANDONNE LE COMBAT OU J'ÉCLATE TON SMART-PHONE !
DZZT
DZZT
ENFOIRÉ ! QUAND EST-CE QUE TU ME L'AS PRIS ?!

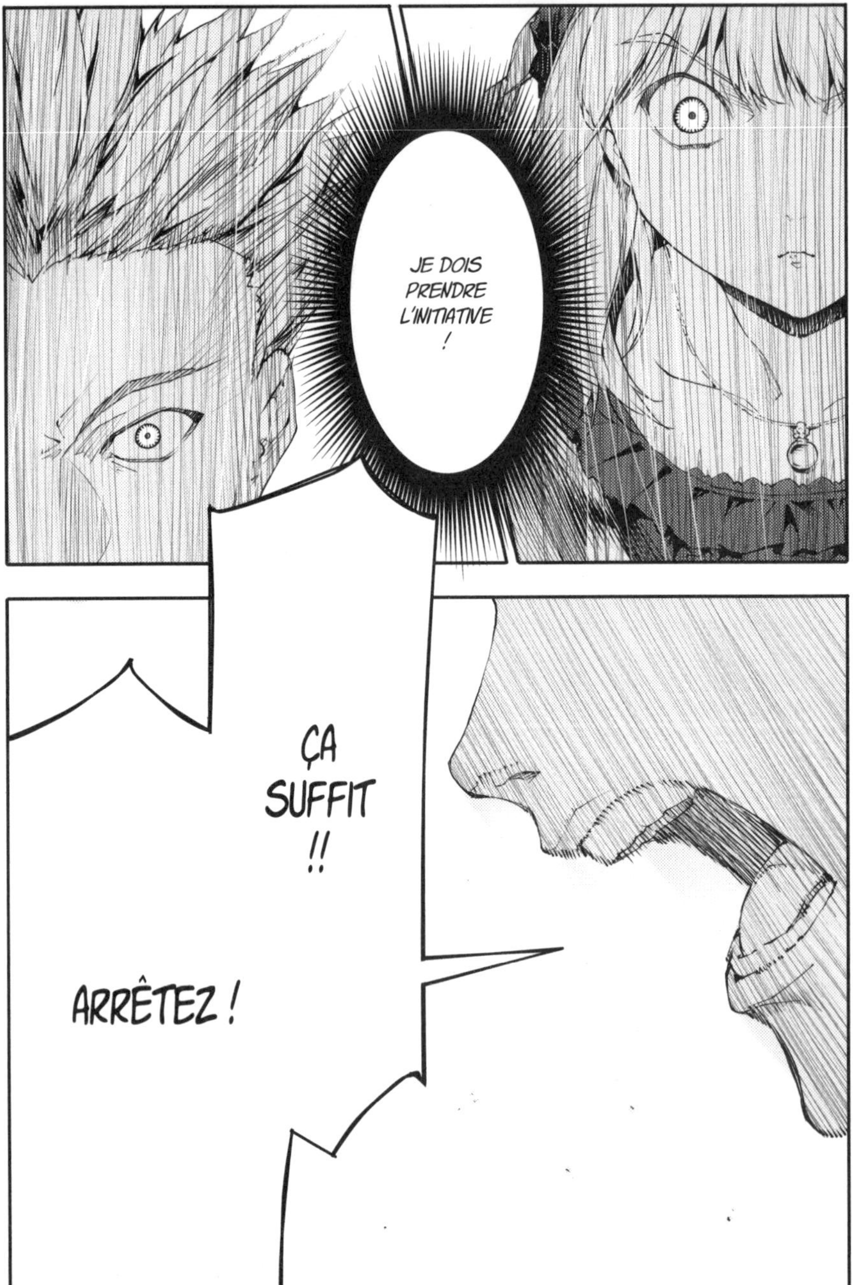
JE DOIS PRENDRE L'INITIATIVE !
ÇA SUFFIT !!
ARRÊTEZ !

LA PREMIÈRE LAME SERA UN LEURRE, LA DEUXIÈME VISERA LE BRAS ET LA TROISIÈME, LA GORGE...
SI ÇA NE SUFFIT PAS À L'ABATTRE, JE LE SUR-PRENDRAI AVEC MA GRIFFE !
ELLE A L'AVANTAGE DE LA HAU-TEUR, C'EST EMBÊTANT... LES ATTAQUES FRONTALES, C'EST PAS MON FORT !
JE VAIS FAIRE VOLER LES BOUTEILLES D'UN COUP DE PIED POUR BLOQUER SON CHAMP DE VISION...
ET J'EN PROFITE-RAI POUR ATTAQUER SUR SON FLANC OU PAR DER-RIÈRE !

TU ES MORT !
ALORS COMME ÇA, VOUS ÊTES ENSEMBLE ? J'Y AVAIS PENSÉ, MAIS ÇA ME SURPREND QUAND MÊME !
JE COMPTAIS ATTENDRE UN PEU AVANT DE DÉFIER LA REINE INVINCIBLE...
MAIS ÇA NE ME DÉPLAÎT PAS DE BRÛLER LES ÉTAPES ! TU AS BIEN FAIT DE VENIR !

FUKT
FUKT
VIOU
GH...
VIOU
JE N'AI POURTANT PAS VU SUDO ENVOYER UNE DEMANDE D'AIDE !
VSH
CRAC

FRSH
QU'EST-CE QU...
ÇA FAIT UN MAL DE CHIEN !!
VSH
VSH
TAP

PLAF
PFIOU… IL M'A OBLIGÉ À ME SERVIR DE MES JAMBES !
IL EST INTÉRESSANT, POUR QUELQU'UN QUI N'A AUCUNE NOTION DE COMBAT !
MÊME L'ANALYSTE N'A PAS RÉUSSI À EN DÉTERMINER LA NATURE !
MAIS QUEL GENRE DE SIGIL IL A UTILISÉ ?

L'EN-FLURE !
JE L'AI SENTI PASSER, LE COUP À LA MÂCHOIRE !
CE MEC A L'AIR D'ÊTRE UN SPÉCIALISTE DES SPORTS DE COMBAT…
TAP
MAIS CONTRAIREMENT À LUI, JE SUIS ARMÉ !
BAM

LA PARTIE N'EST PAS ENCORE TERMINÉE !
DZZZT
GH...
IMPOSSIBLE !
FLOP
UNE MATRAQUE ÉLECTRIQUE ?!
MAIS D'OÙ ELLE SORT ?
AH JE VOIS ! C'EST ÇA, TON SIGIL !
LIVE
MON EMPLOYEUR EST UN CRÉTIN...
VOILÀ CE QUE C'EST DE SOUS-ESTIMER SON ADVERSAIRE !
SI KANAME AVAIT SORTI UN PISTOLET, CET IDIOT SERAIT MORT, À L'HEURE QU'IL EST !

QUOI, DÉJÀ FINI ? C'ÉTAIT BEAUCOUP TROP FACILE !
IL A VRAIMENT BATTU UNE NIVEAU A, CELUI-LÀ ?
DLAF
JE PENSAIS QU'IL M'OPPOSERAIT UN PEU PLUS DE RÉSISTANCE...
JE ME SUIS FAIT DE FAUX ESPOIRS ? CE N'EST QU'UN NOOB, APRÈS TOUT !
EH OH, L'ANALYSTE !
J'AI PRIS LE RISQUE DE VENIR À SHIBUYA PARCE QUE TU M'AVAIS RECOMMANDÉ CE TYPE !
JE NE SUIS PAS RESPONSABLE DU DÉROULEMENT DES COMBATS !
EN PLUS ...

MAIS IL BOUGE COMME UN AMATEUR !
EH...
ガクッ
FLOP
HEIN ?!

COMME TU ES UN DÉBUTANT, JE NE ME SERVIRAI PAS DE MON SIGIL !
TAP
VSH
VSH
C... C'EST UN BOXEUR ?!
OH... IL A DE BONS RÉFLEXES ...

À NOUS DEUX !
ET MERDE, ÇA RECOMMENCE !
LE COMBAT EST LANCÉ !!
BATTLE!!
VS
INUKAI
SUDO
COMBAT EN COURS !

ÇA ME DONNE ENVIE DE VOIR CE QU'IL A DANS LE VENTRE !
C'EST PAS VRAI... JE SUIS ENCORE TOMBÉ SUR UN PSYCHO-PATHE !
SAUF QUE MOI, JE N'AI AUCUNE RAI-SON DE ME BATTRE...
JE N'AI JAMAIS DEMANDÉ À ÊTRE ENTRAÎNÉ DANS CE JEU !
JE VOIS ! DANS CE CAS...
TIENS, JE TE LE RENDS !
VSH
MERCI !
PAF
OUPS !
IL SERAIT PLUS RAI-SONNABLE QU'IL EN A L'AIR, EN FIN DE COMPTE ?
LE TRUC SYMPA AVEC CETTE APPLI...
C'EST QUE TU AS BEAU NE PAS VOULOIR TE BASTONNER, ON PEUT QUAND MÊME T'Y FORCER !

PAR CONTRE ...
SHUKA, C'EST UNE AUTRE HIS-TOIRE !
ELLE S'EST HISSÉE TOUTE SEULE JUSQU'AU NIVEAU A SANS PERDRE UNE SEULE PARTIE, D'OÙ SON SUR-NOM DE "REINE INVINCIBLE" !
ELLE A ÉLI-MINÉ PRATIQUE-MENT TOUS LES AUTRES JOUEURS DE SON TERRAIN DE CHASSE, LE DISTRICT DE ROPPONGI...
ALORS QUAND J'AP-PRENDS QU'UN DÉBUTANT L'A VAINCUE...

SI TU AS TERMINÉ TON PETIT DISCOURS, RENDS-MOI MON PORTABLE !
À MOINS QUE TU AIES PRÉVU DE ME FAIRE CHANTER ?
ÇA VA, INUTILE DE T'ÉNERVER !
TU AS FAIT PARLER DE TOI, TU SAIS !
COMMENT ÇA ?
UN DÉBUTANT QUI BAT LE CHASSEUR DE NOOBS ET LA REINE INVINCIBLE, ÇA ATTIRE L'ATTENTION !
CE SONT LES SURNOMS...
DE FACE DE PANDA ET DE SHUKA ?
C'EST RARE QU'UN JOUEUR EN SOLO SURVIVE À SON PREMIER MATCH...
ET ENCORE PLUS QU'IL GAGNE DEUX COMBATS D'AFFILÉE CONTRE DES CÉLÉBRITÉS !
ENFIN, LE CHASSEUR DE NOOBS ÉTAIT PLUTÔT UNE SORTE D'ATTRACTION LOCALE...
AVEC SON COSTUME SUPER VOYANT !

LE D-GAME N'EST PAS LE GENRE D'APPLI QU'ON PEUT TROUVER SUR INTERNET...
ALORS MIEUX VAUT NE PAS PERDRE LE TÉLÉPHONE QUI LA RENFERME !
IMAGINE... PLUS D'AVERTISSEMENT AVANT LES COMBATS...
PLUS DE FONCTION RECHERCHE ...
PLUS MOYEN D'ACHETER UN ABRI POUR ÉVITER LES DUELS...
BREF, C'EST LA MORT ASSURÉE !
MERCI POUR L'AVERTISSEMENT !
ET DONC, TU ES VENU ME DONNER DES CONSEILS ?
BON... ICI, ÇA IRA !
TAP

OÙ EST-CE QUE TU M'EMMÈNES ?!
DIS-MOI CE QUE TU ME VEUX, QU'ON EN FINISSE !
TU NE DEVRAIS PAS SORTIR COMME ÇA LE PORTABLE QUI CONTIENT L'APPLI DU D-GAME...
TU NE SAIS PAS ENCORE À QUEL POINT IL EST IMPORTANT !
CLAN : AUCUN
NOM : KANAME SUDO
SCORE : 2 COMBATS
2 VICTOIRES
POINTS : 629
DÉTAILS
00:32:15
AH !
MAIS OUI ! SI JAMAIS IL S'AMUSE À TRAFIQUER MON PROFIL...
TU ES TOUT PÂLE, D'UN SEUL COUP !
JE DEVINE À QUOI TU PENSES...
RASSURE-TOI...
ON NE PEUT PAS MODIFIER LE COMPTE D'UN AUTRE JOUEUR !
CELA DIT...

RAMÈNE-TOI !
TU VEUX LE RÉCUPÉRER, NON ?
BON SANG... MON PORTABLE !
渋谷センター
À QUI J'AI AFFAIRE ?
À EN CROIRE SHUKA, ILS SONT ENCORE PIRES QUE DES YAKUZAS !
J'ESPÈRE QU'IL NE FAIT PAS PARTIE DES EIGHTH...

QUOI ?
Boîte de réception
webmaster Darwin's Game
from webmaster Darwin's Game
Le joueur Alvitr023 vous invite à participer au Darwin's Game. Rejoignez vos amis et amusez-vous avec eux !
☆ Darwin's Game est un jeu entièrement gratuit. ☆
Pour jouer, cliquez sur le lien → https://darwinsgame.com/?c=fa31a-c91daef4
OPTIONS
RÉPONDRE
ÇA PAR EXEMPLE !
rom webmaster Darwin's Game
TU ES BIEN KANAME SUDO, PAS VRAI ?
ET TOI, TU ES QUI ?
COMMENT TU CONNAIS MON NOM ?

DÉSOLÉ, SERGENT …
JE L'AI PERDU DE VUE !
JE L'AI SUIVI JUSQU'À SHIBUYA OÙ IL A RETROUVÉ UNE JEUNE FILLE, MAIS J'IGNORE OÙ ILS SONT PARTIS EN-SUITE !
C'EST DÉJÀ BIEN ! ÇA NOUS FAIT QUELQUE CHOSE À NOUS METTRE SOUS LA DENT !
SHIBUYA, TIENS DONC ! PILE LE QUARTIER OÙ IL Y A EU LE CAS DE VANDALISME LE PLUS IMPOR-TANT…
C'EST UN PEU GROS, COMME HASARD !
ON EST DIMANCHE, PEUT-ÊTRE QU'IL AVAIT SIMPLE-MENT UN RENCARD AVEC SA COPINE…
C'EST BON, TU PEUX RENTRER CHEZ TOI TE REPO-SER !
HA HA HA !
JE NE VAIS PAS ME FAIRE PRIER !
NAKA MURA
RAMEN
FRSH
BIP BIP ♪
TIENS ? UN MES-SAGE, CETTE FOIS !

NAKA MURA RAMEN
RAMEN NAKAMURA
LA PISTE DARWIN'S GAME N'EST PAS TRÈS PROMET-TEUSE...
SAKAKI M'A EN-VOYÉ UN MES-SAGE DISANT QU'IL PRENAIT LE GARÇON EN FILATURE, MAIS DEPUIS, PLUS RIEN !
DU COUP, J'ESPÈRE QUE LA SURVEILLANCE DE KANAME SUDO NOUS MÈNERA QUELQUE PART...
ズズ
GLOU GLOU
LE PAUVRE EST TOUT SEUL, IL A PASSÉ UNE NUIT BLANCHE ET EN PLUS, LE GOSSE CONNAÎT SON VISAGE... JE N'ATTENDS PAS GRAND-CHOSE DE CE CÔTÉ-LÀ !
TRELELELELE ♪
QUAND ON PARLE DU LOUP...

DES MÉDUSES DANS L'ES-PACE...
POURQUOI PAS, APRÈS TOUT ?
BAH, CE N'EST QU'UN JEU !
POUR MA PART, JE NE CROIS PAS QUE DES CRÉA-TURES AQUATIQUES PUISSENT BÂTIR UNE SOCIÉTÉ...
AH BON ? POURQUOI ?
PARCE QU'ELLES NE POSSÉDE-RONT JAMAIS LE FEU !
C'EST CETTE DÉCOUVERTE QUI A FAIT LA DIFFÉRENCE ENTRE LES HOMMES ET LES AUTRES ANIMAUX...
LA CIVILISA-TION NAÎT DU FEU !

Me Images
Google
darwin's game
Web Images Maps Shopping Plus
Charles Darwin - Wikipédia
ja.wikipedia.org/wiki/Charles_Darwin
Charles Robert Darwin (12 février 1809 – 19 avril 1882) est un naturaliste anglais, éminent géologue et biologiste. Il est l'auteur d'une théorie sur la formation des espèces. Selon lui, toutes les espèces vivantes ont évolué à partir d'un ancêtre commun au cours d'un long processus qu'il a nommé "sélection naturelle".
Philosophie sociale - Famille et descendants - Biographie Résumé
Darwin - Wikipédia
ja.wikipedia.org/wiki/Darwin
Darwin est un nom propre d'origine anglaise. Il évoque le plus souvent Charles Darwin, théorie de l'évolution. Toponyme : Darwin (Territoire du Nord)... gérant le fan club "Smile" et le label indépendant
IL N'Y AVAIT RIEN À CE SUJET DANS LE TÉLÉPHONE DE HIROYUKI KYODA ?
NON, LA MÉMOIRE A ÉTÉ ENTIÈREMENT EFFACÉE !
HMM... "DARWIN'S GAME"...
AH OUI ? EN QUOI ÇA CONSISTAIT ?
LE JEU DE DARWIN...
ÇA ME RAPPELLE "SIM EARTH", UN VIEUX JEU SUR PC !
C'ÉTAIT UNE SIMULATION BASÉE SUR L'HISTOIRE DE LA PLANÈTE ET L'ÉVOLUTION DES ÊTRES VIVANTS...
LE JOUEUR ÉTAIT EN QUELQUE SORTE DIEU... IL POUVAIT MODIFIER L'ENVIRONNEMENT OU ACCÉLÉRER L'ÉVOLUTION DES ESPÈCES ...
La civilisation des méduses a atteint l'espace !
LE LOGICIEL OFFRAIT UNE GRANDE LIBERTÉ, CE QUI FAISAIT SON CHARME... EN FONCTION DE SES CHOIX, ON POUVAIT PAR EXEMPLE CRÉER UNE CIVILISATION DE MÉDUSES ET LES ENVOYER DANS L'ESPACE !

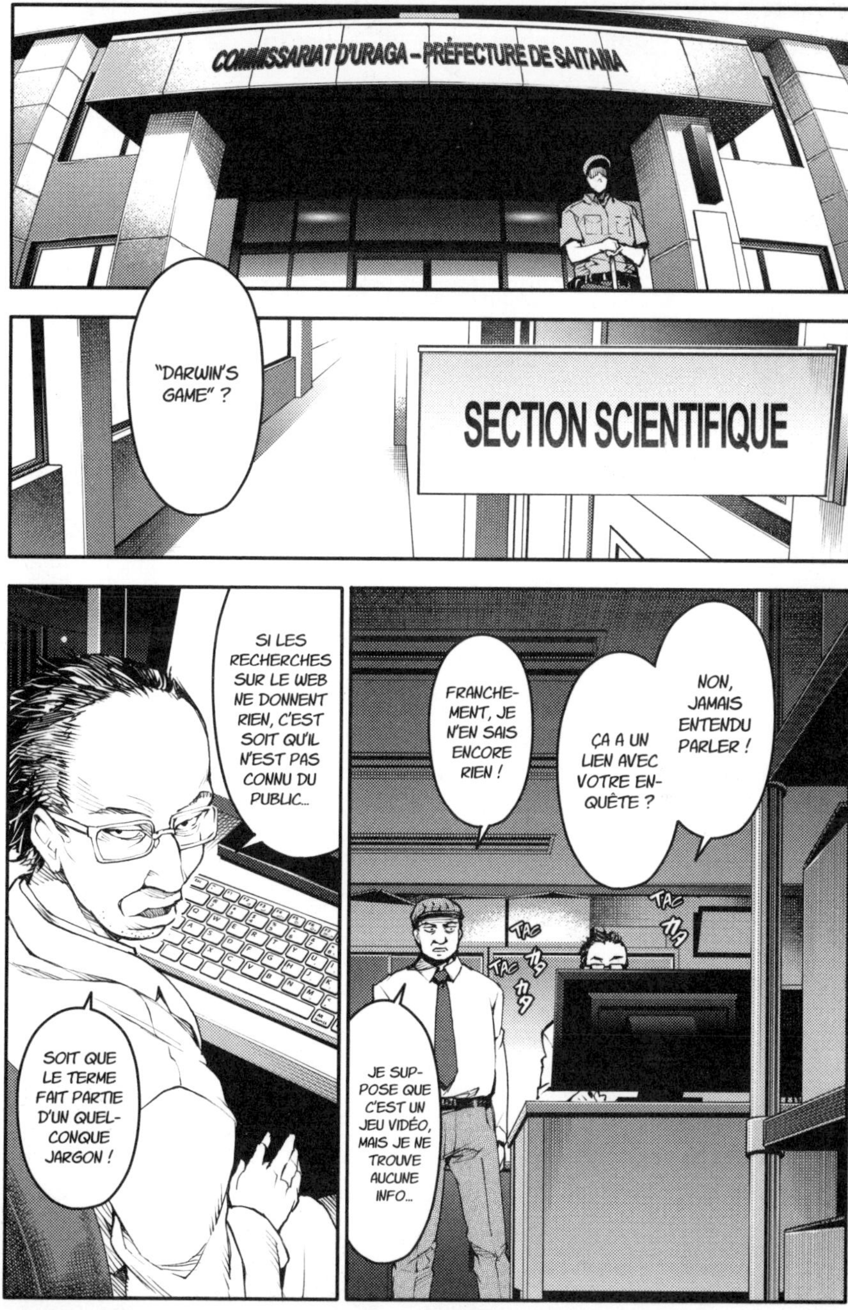
COMMISSARIAT D'URAGA – PRÉFECTURE DE SAITAMA
"DARWIN'S GAME" ?
SECTION SCIENTIFIQUE
NON, JAMAIS ENTENDU PARLER !
ÇA A UN LIEN AVEC VOTRE ENQUÊTE ?
FRANCHEMENT, JE N'EN SAIS ENCORE RIEN !
JE SUPPOSE QUE C'EST UN JEU VIDÉO, MAIS JE NE TROUVE AUCUNE INFO...
TAC KA TAC KA TAC KA
SI LES RECHERCHES SUR LE WEB NE DONNENT RIEN, C'EST SOIT QU'IL N'EST PAS CONNU DU PUBLIC...
SOIT QUE LE TERME FAIT PARTIE D'UN QUELCONQUE JARGON !

Game 08

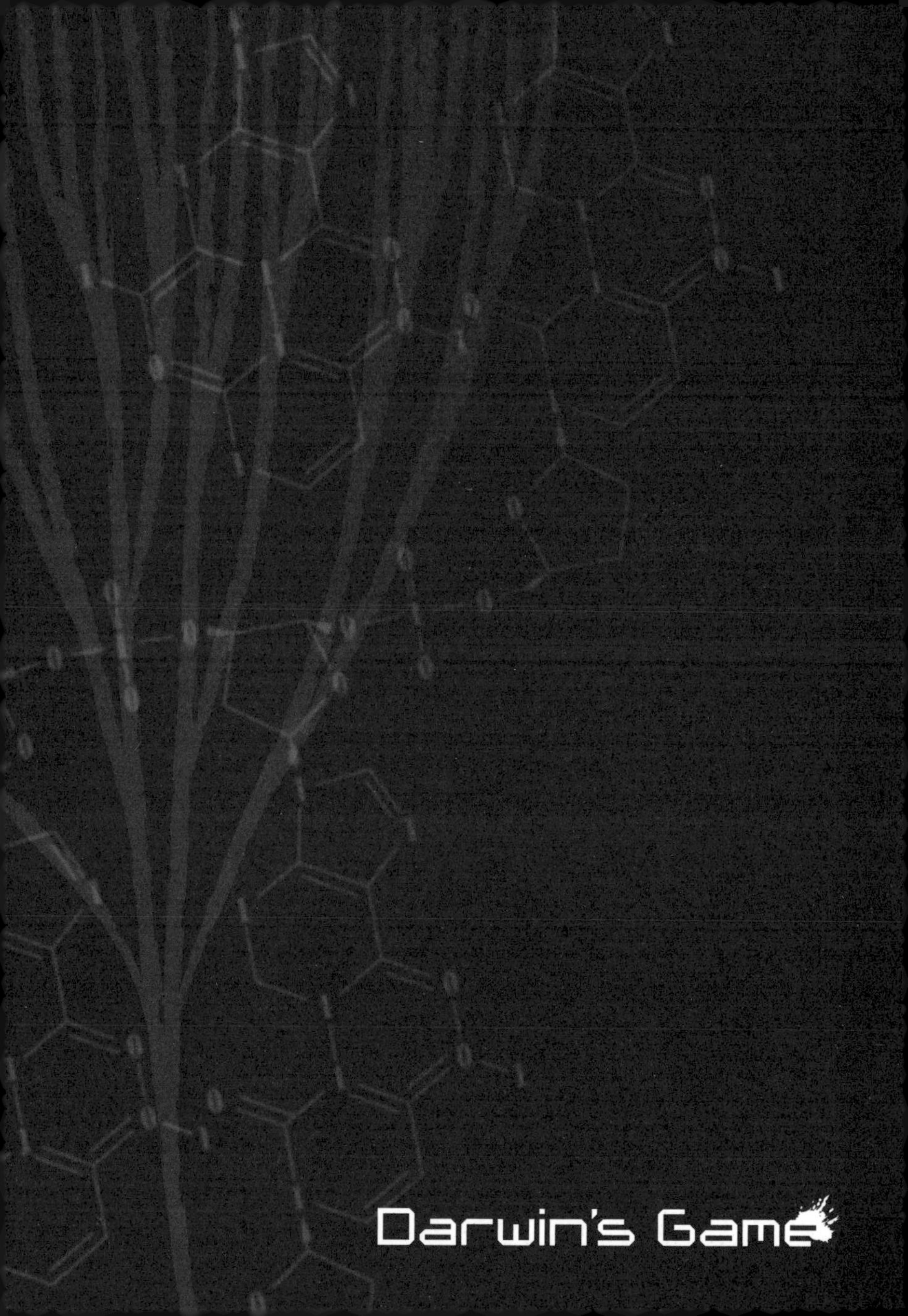
Darwin's Game

TU PEUX VENIR DEUX MINUTES ?
FUIT
クイッ

ALLONS BON...
CE N'EST PAS UN SIMPLE VOL, PAS VRAI ?

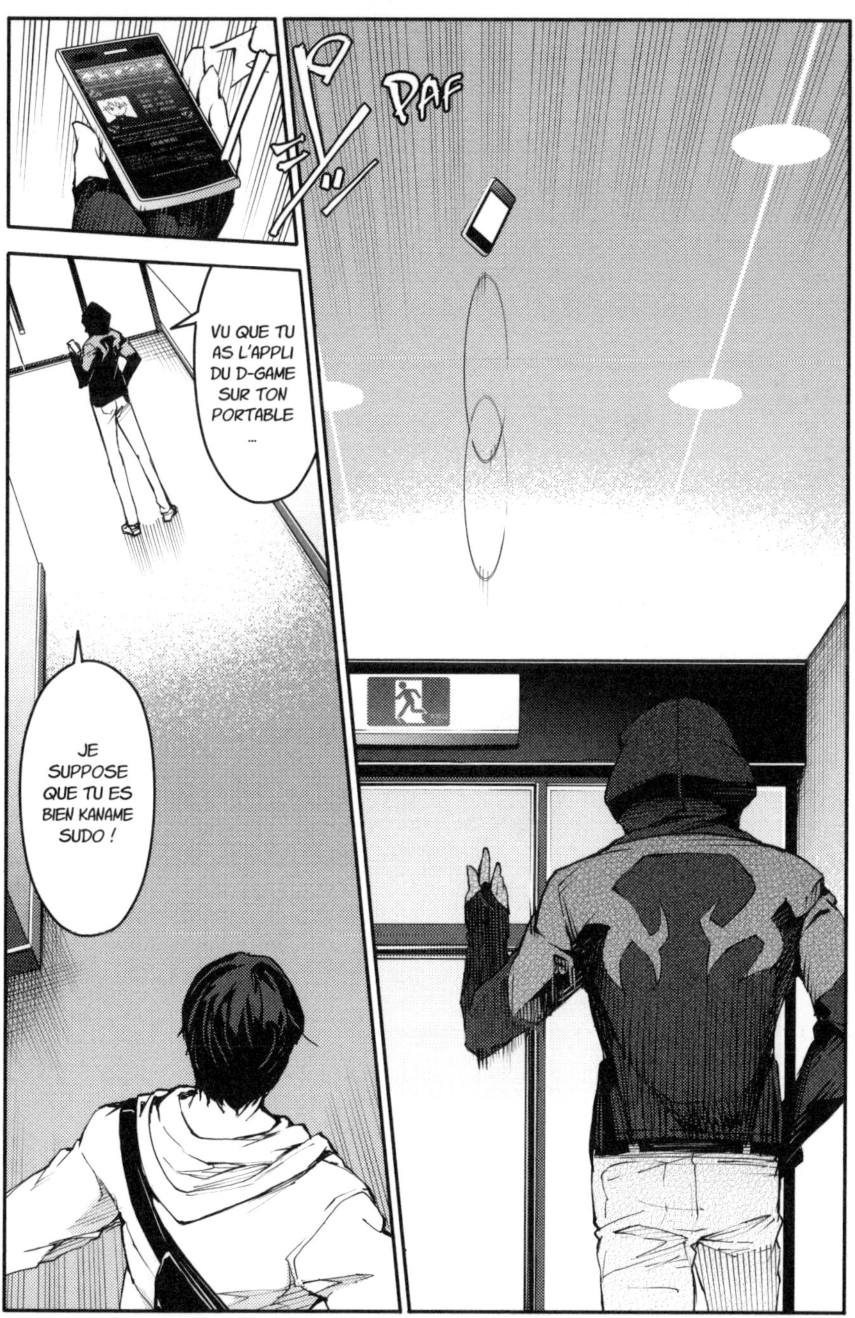
PAF
VU QUE TU AS L'APPLI DU D-GAME SUR TON PORTABLE ...
JE SUPPOSE QUE TU ES BIEN KANAME SUDO !

QUANT AU DARWIN'S GAME...
COMMENT UN TRUC PAREIL PEUT EXISTER ?
ENTRE LES VIREMENTS DE SOMMES ASTRONOMIQUES ET LA TÉLÉPORTATION, ON NAGE EN PLEIN DÉLIRE !
MAIS LE PLUS DINGUE, C'EST CE SYSTÈME DE SIGILS QUI REFILE DES SUPER-POUVOIRS...
À UN TYPE COMME MOI OU À UNE JEUNE FILLE TOUT À FAIT NORMALE !
HEIN ?!

C'EST MARRANT, EN ME PROMENANT AVEC SHUKA...
JE NE VOIS RIEN CHEZ ELLE QUI SORTE DE L'ORDINAIRE, SI CE N'EST QU'ELLE EST TRÈS MIGNONNE !
POURQUOI QUELQU'UN COMME ELLE PARTICIPE À DES COMBATS À MORT ?
ELLE EST COQUETTE, ELLE AIME LES SUCRERIES...
BREF, ELLE EST COMME LA PLUPART DES NANAS DE SON ÂGE !

PFF...
APRÈS LE DÉJEUNER, DU SHOP-PING...
ELLE N'ACHÈTE QUE DES FRINGUES, EN PLUS !
TOUT ÇA APRÈS M'AVOIR BALANCÉ QU'ON SE TROUVAIT SUR LE TERRITOIRE D'UNE BANDE DE FOUS DANGEREUX !
J'AI L'IM-PRESSION D'AVOIR DÉJÀ UN PIED DANS LA TOMBE !
LA LA LA LA... ♪

T'INQUIÈTE, C'EST RIEN ! AU FAIT, JE SUIS INTÉRESSÉE PAR L'INVITATION QUE TU AS REÇUE POUR LA CHASSE AU TRÉSOR...
AH OUI ? TU ACHÈTERAIS DES INFOS ?
SI ELLES VALENT LE COUP, OUI !
DÉSOLÉ, MAIS TOUT CE QUE JE SAIS, C'EST QUE SEULS UNE PARTIE DES JOUEURS SONT CONCERNÉS...
ÉTANT DONNÉ LE TITRE DE L'ÉVÉNEMENT, J'IMAGINE QU'IL VA FALLOIR TROUVER DES TRÉSORS PLANQUÉS UN PEU PARTOUT !
OUPS ! JE RACCROCHE !
TU AVAIS VU JUSTE, POUR LE NOUVEAU !
BIP
IL NE DOUTE DE RIEN, LUI !
VU CE QU'EST LE D-GAME, ÇA M'ÉTONNERAIT QU'ON AIT DROIT À UNE INNOCENTE CHASSE AU TRÉSOR...
11:27
MENU
STATUT
GACHA
POINTS
COMBAT
CLASSEMENT
ÉVÉNEMENT SPÉCIAL
CHASSE AU TRÉSOR
PAS L'OCCASION
POINTS !!
LE PIRE, C'EST QUE MOI AUSSI, J'AI EU DROIT À CE MESSAGE !

J'ESPÈRE QUE TU NE TE TROMPES PAS, L'ANALYSTE !
KANAME SUDO EST BIEN À SHIBUYA, C'EST CERTAIN ?
SÛR À 82 % !
MES INFOS SONT FONDÉES SUR DES PROBABILITÉS...
CROUNCH
ELLES NE PEUVENT PAS ÊTRE FIABLES À 100 % !
L'AVENIR EST INCERTAIN, APRÈS TOUT...
MAIS IL Y A UN PROBLÈME AVEC TON MICRO ! J'ENTENDS DES CRÉPITEMENTS, DEPUIS TOUT À L'HEURE !
EH ! ÇA NE ME DÉRANGE PAS QUE TU TE SERVES D'UN APPAREIL POUR MODIFIER TA VOIX...
GH...
ALLÔ ?

RÉSULTAT, LE QUARTIER EST DEVENU LE CENTRE D'ATTENTION DES JOUEURS !
PEUT-ÊTRE MÊME QU'IL Y EN A DANS CE RESTO !
TAC
EN PLUS, SHIBUYA EST LE TERRITOIRE DES EIGHTH, UN DES PRINCIPAUX CLANS. IL EST RÉPUTÉ POUR SA VIOLENCE !
P... POURQUOI TU M'AS DONNÉ RENDEZ-VOUS DANS UN COIN AUSSI DANGEREUX ?!
JE N'AI PAS PEUR...
TU ES LÀ POUR ME PROTÉGER !

CAFÉ-RESTAURANT
Parshka
AU FAIT, JE N'AI PAS CHOISI SHIBUYA PAR HASARD !
AH BON ?
TU AS VU LA BÂCHE BLEUE, À LA SORTIE DE LA GARE ?
LA STATUE EN DESSOUS A ÉTÉ ABÎMÉE PAR UN SACRÉ COMBAT !
KEEP OUT KEEP OUT KEEP OUT KEEP
IL Y A EU UNE PARTIE À CET ENDROIT, IL Y A TROIS JOURS...
ELLE A FAIT 12 MORTS !

GAME OVER ?!
T... TU VEUX DIRE QUE JE MOURRAIS ?! MAIS ENFIN, POURQUOI ?!
REGARDE LA CLAUSE DE CONFIDENTIALITÉ À LA FIN DU TUTO !
LA SUPPRESSION DU COMPTE, C'EST BIEN CE QUE JE CROIS ?
CLAUSE DE CONFIDENTIALITÉ
Afin d'assurer la bonne continuation du Darwin's Game, il est formellement interdit de divulguer l'existence du jeu. Tout contrevenant verra aussitôt son compte supprimé. Merci de votre compréhension. [!]
TOUT À FAIT ! QUAND TU ES EN PUBLIC, IL VAUT DONC MIEUX JUSTE DIRE "LE JEU"...
CERTAINS PARLENT AUSSI DE "D-GAME" ...
C'EST BIEN TROUVÉ ! LE "D" PEUT SIGNIFIER "DARWIN"...
AUTANT QUE "DEATH", LA MORT !

RESTAURANT CUZTO
CAFÉ-RESTAURANT CUZTO
カスト
BLA BLA
ガヤガヤ
TU N'AS PAS FAIM ?
SI, CARRÉMENT, MAIS TU M'AS VRAIMENT FICHU LA TROUILLE !
J'AI CRU QUE TU M'APPELAIS POUR UNE URGENCE DARWIN'S GAME, MOI !
HA HA ! CE N'EST PAS TOUT À FAIT SANS RAPPORT...
J'AI OUBLIÉ DE T'APPRENDRE QUELQUE CHOSE DE TRÈS IMPORTANT, HIER !
D'ABORD, ÉVITE DE MENTIONNER LE NOM DU JEU À TORT ET À TRAVERS !
TU RISQUERAIS DE FINIR GAME OVER !

JE NE T'AI PAS TROP FAIT ATTENDRE ?
OUF ...
TU ES SAINE ET SAUVE !
TU TE FAISAIS DU SOUCI POUR MOI ? C'EST MIGNON !
ALLEZ, VIENS VITE !
OÙ ÇA ?!
AU RESTAURANT, POUR COMMENCER !
QUOI ?!

SLURP
ズズ
Gare de Shibuya
Shibuya Station
ガヤ
BLA
BLA
BLA
BLA
ガヤ
OÙ EST-ELLE ?!
ELLE NE PEUT QUAND MÊME PAS SE BATTRE DANS UN ENDROIT AUSSI FRÉQUENTÉ ?!
KAMAME !
YOUHOU !
POURVU QU'IL NE SOIT PAS TROP TARD !

HEIN ?!
TAP TAP
UN MES-SAGE DE SHUKA ?!
ÇA N'A PAS TRAÎNÉ !
C'EST JUSTE UN LIEN VERS UN PLAN...
渋谷
出入口
ポチ公口
みどりの窓口
南口
西口
VOYONS VOIR... C'EST À SHIBUYA !
BON SANG ! JE NE SAIS PAS CE QUI SE PASSE, MAIS UNE PRO-MESSE EST UNE PROMESSE... JE DOIS Y ALLER !
TAP TAP TAP
J'IRAI PLUS VITE EN TRAIN !
TAP TAP TAP

TRILILILILI ♪
PFF...
BIP
BOITE DE
Shuka
[URGENT] REJOINS-MOI ICI ! [IMPO
Sub
https://maps.google.
HMM...
SPLASH

AUCUN RÉSULTAT POUR "DARWIN'S GAME" SUR INTERNET... JE NE TROUVE QUE DES SITES SUR LA THÉORIE DE L'ÉVOLUTION !
C'EST BIZARRE QUE LE COMMIS-SAIRE INSISTE POUR QU'ON NE LUI EN PARLE QU'EN PERSONNE ...
C'EST PEUT-ÊTRE BIEN POUR ÇA QU'IL A PRIS LA PEINE DE SE DÉPLACER, AUJOUR-D'HUI...
IL NE SOUPÇONNE QUAND MÊME PAS QU'ON SOIT SUR ÉCOUTE ?!
N'OUBLIE PAS LA DISPARITION DES IMAGES DE LA CAMÉRA DE SURVEILLANCE DU POSTE DE KAMIURAGA...
ARRÊ-TEZ DE ME FAIRE PEUR !

SERGENT TAGONAKA ...
VOTRE RAPPORT OUVRE UNE PISTE TRÈS INTÉRESSANTE ...
CLAC
MAIS JE NE PEUX PAS MOBILISER NOS HOMMES SUR LA SEULE BASE DE VOTRE INSTINCT !
TROUVEZ-MOI DES ÉLÉMENTS PLUS CONCLUANTS !
CE SERA FAIT !
AUTRE CHOSE ...
SI JAMAIS VOUS ENTENDEZ PARLER DU DARWIN'S GAME, PRÉVENEZ-MOI TOUTES AFFAIRES CESSANTES !
DE VIVE VOIX, PAS PAR TÉLÉPHONE OU PAR E-MAIL !
POURSUIVEZ L'ENQUÊTE !
VROUM

"DARWIN'S GAME"...
CES MOTS VOUS ÉVOQUENT-ILS QUELQUE CHOSE ?
ÇA NE ME DIT RIEN...
UN JEU VIDÉO ?
QU'EST-CE QUE C'EST ?
CLAC
BON ...
SI VOUS NE CONNAISSEZ PAS, TANT PIS ...

MON INSTINCT DE FLIC !
JE VOIS...
COMMENT VOULEZ-VOUS QUE LE COMMISSAIRE VOUS PRENNE AU SÉRIEUX...
SI VOUS VOUS JUSTIFIEZ DE CETTE FAÇON ?
QU'EST-CE QUE J'Y PEUX ? ON N'A PAS ASSEZ D'INDICES, POUR LE MOMENT !
MES-SIEURS, IL Y A UN DERNIER POINT QUE J'AIMERAIS ÉCLAIRCIR...
OUI ?!
ALLEZ-Y !

COMME JE L'AI INDIQUÉ DANS MON MESSAGE...
IL POURRAIT AUSSI ÊTRE MÊLÉ AU MEURTRE DE L'AGENT TERADA !
DE PLUS, ON A RETROUVÉ L'ARME DE CE DERNIER PRÈS D'UN AUTRE SITE VANDALISÉ...
ET ON A DÉCOU-VERT SUR LES LIEUX QUATRE BALLES TIRÉES PAR CE MÊME PISTOLET !
DOMIYA
QU'EST-CE QUI VOUS PERMET DE SUPPOSER QUE SUDO EST LIÉ À LA MORT DE TERADA ?
LE GAMIN S'EST RENDU AU POSTE DE POLICE DE KAMIURAGA LE MÊME JOUR... IL A OUBLIÉ SON SAC SUR PLACE !
C'EST TOUT ?
OUI !
ENFIN, IL Y A AUSSI ...

SES NOTES SONT DANS LA MOYENNE, IL N'A NI PLUS NI MOINS D'AMIS QUE LES AUTRES...
IL AIME BRICOLER LES DEUX-ROUES... AUCUNE INFRACTION ROUTIÈRE, AUCUN ACTE DE DÉLINQUANCE À SIGNALER !
BREF, C'EST UN LYCÉEN TOUT À FAIT ORDINAIRE...
SI CE N'EST QUE TROIS PERSONNES DANS SON ENTOURAGE ONT DISPARU !
L'UNE D'ENTRE ELLES EST HIROYUKI KYODA, DONT LE TÉLÉPHONE PORTABLE ET LE SANG ONT ÉTÉ TROUVÉS À PROXIMITÉ D'UNE DE NOS FAMEUSES SCULPTURES À FORME HUMAINE !
CES DISPARITIONS ET NOTRE AFFAIRE DE VANDALISME SERAIENT DONC LIÉES ?
MAIS SUDO N'EST PAS LE SEUL À FRÉQUENTER LE MÊME ÉTABLISSEMENT QUE HIROYUKI KYODA ET MESSIEURS KATO ET TANAKA...
POURQUOI VOUS INTÉRESSER SPÉCIFIQUEMENT À LUI, PARMI TOUS LES INDIVIDUS CONCERNÉS ?

JE SUIS CREVÉ...
J'AI LA DALLE ET JE DEVRAIS RÉFLÉCHIR À UN TAS DE PROBLÈMES ...
MAIS AUJOURD'HUI, ÇA VA JUSTE ÊTRE UNE DOUCHE ET AU LIT !
BAM
C'EST LE FAMEUX KANAME SUDO ?
OUI !
17 ANS, ÉLÈVE DE PREMIÈRE, MÈRE DÉCÉDÉE, PÈRE MUTÉ À L'ÉTRANGER...
IL VIT SEUL DANS CET APPARTEMENT !

BON, ET MAINTENANT ?
CETTE RENCONTRE AVEC SHUKA M'A BIEN FAIT PROGRESSER, MAIS JE NE SAIS TOUJOURS PAS COMMENT SORTIR DU JEU...
MÊME SI JE PEUX ÉVITER D'ÊTRE ATTAQUÉ À N'IMPORTE QUEL MOMENT GRÂCE AUX ABRIS...
QU'EST-CE QUE JE FERAI EN CAS D'EMBUSCADE ?
JE ME BATTRAI ENCORE, UN PISTOLET À LA MAIN ?
ÇA N'EN FINIRA JAMAIS !
浦賀 Uraga
川仲 Kawanaka
北徒田駅 Kitatoda Sta.
17
79
D'AILLEURS, EST-CE QUE CE JEU EN A UNE, DE FIN ?
FOX
BIKERS STATION

VROOUM
EN VOYANT CETTE USINE DE JOUR, J'AI DU MAL À CROIRE QUE JE M'Y SUIS BATTU À MORT...
SANS CETTE DOULEUR AU BRAS, JE ME DEMANDERAIS SI JE N'AURAIS PAS RÊVÉ TOUTES CES HISTOIRES...
DE CONVER-SION DE POINTS EN ARGENT...
ET DE TÉLÉPOR-TATION...
SANS OUBLIER LES SIGILS !
VROOOUM
パ パ パ パ パ パ パ パ パ パ

QU'EST-CE QUE JE POURRAIS M'ACHETER AVEC UNE SOMME PAREILLE ?
UNE NOUVELLE BÉCANE, UN SUPER PC... TOUT CE QUE JE VEUX, QUOI !
GLOUPS
ゴクッ
BIP
RETRAIT
Merci d'indiquer si vous souhaitez ou non imprimer un reçu.
Retrait 50 000 ¥
Nouveau solde 1 002 980 ¥
Attention ! Le détail des retraits et virements n'est pas visible sur le reçu.
IMPRIMER
NE PAS IMPRIMER
NON...
J'AI L'IMPRESSION QUE SI JE TOUCHE À CET ARGENT, JE NE POURRAI PLUS REVENIR EN ARRIÈRE !
VVVT CLAC

* ENVIRON 350 EUROS, NDT.

BONJOUR LA RÉSIDENCE DE LUXE !
IL FAUT LES MOYENS POUR HABITER LÀ...
TU M'ÉTONNES QUE ÇA NE L'INTÉRESSE PAS DE CONVERTIR SES POINTS EN ARGENT !
VVVM
MAIS DANS CE CAS, POURQUOI ELLE JOUE AU DARWIN'S GAME ?
ELLE N'A PAS L'AIR D'Y AVOIR ÉTÉ ENTRAÎNÉE CONTRE SA VOLONTÉ...
ENFIN, CE SONT PAS MES OIGNONS !
VOYONS... C'EST QUEL QUARTIER, ICI ?
WAOUH ! JE SUIS CARRÉMENT LOIN DE L'USINE !
ET JE N'AI MÊME PAS DE QUOI ME PAYER LE TAXI...

ON EST BIEN D'ACCORD ? À PARTIR DE MAINTENANT, ON S'ENTRAIDE AUTANT QUE POSSIBLE !
TU PEUX COMPTER SUR MOI, KANAME !
BON, JE VAIS CHERCHER MON SCOOTER AVANT QUE QUELQU'UN ME LE PIQUE !
N'HÉSITE PAS À M'APPELER EN CAS DE PROBLÈME ...
JE FERAI DE MON MIEUX POUR ME RENDRE UTILE !
TU VOLERAIS À MON SECOURS ?
ATTENTION, C'EST DONNANT DONNANT !

POURQUOI TU NE T'EN CHARGES PAS, TOI ?
TU ES DE NIVEAU A4 !
PAS QUESTION !
NON, C'EST NON !
MAIS...
C'EST AU GARÇON DE FAIRE LE PREMIER PAS !
BON ! JE T'AI ENVOYÉ UNE DEMANDE D'AMITIÉ ! TU L'ACCEPTES, OK ?!
COMME ÇA, TU POURRAS M'APPELER À L'AIDE POUR CINQ POINTS !
EUH... D'ACCORD...
J'Y COMPRENDS PLUS RIEN !
ELLE VEUT QU'ON SOIT D'ABORD AMIS ?
C'EST POURTANT ELLE QUI A MIS CETTE HISTOIRE DE CLAN SUR LE TAPIS !

LES CLANS
Les clans sont des sortes de familles ou de trib
appartenant à un même clan peuvent s'entra
ou participer à des batailles de clans.
Il n'y a aucune condition requise pour entre
faut être au moins de niveau B2 pour en fo
clan bénéficient de privilèges spéciaux !
AH, JE VOIS !
"LES CLANS SONT DES SORTES DE FAMILLES OU DE TRIBUS"...
EN GROS, C'EST COMME LES GUILDES DANS LES MMORPG !
OUI, ON PEUT DIRE ÇA !
TRÈS BIEN !
JE VAIS FAIRE LE NÉCESSAIRE POUR RESTER EN VIE !
PUISQUE JE NE PEUX PAS QUITTER CE JEU...
PARFAIT ! ALORS DÉPÊCHE-TOI D'ATTEINDRE LE NIVEAU B2...
C'EST LE MINIMUM REQUIS POUR FONDER UN CLAN !
HEIN ?

C...
COMMISSAIRE AYANOKOJI ?!
TAC
QU... QUE PUIS-JE FAIRE POUR VOUS ?
C'EST BIEN VOUS QUI VENEZ D'ENVOYER UN RAPPORT, NON ?
POURQUOI ÊTES-VOUS SI SURPRIS ?
J'AI BIEN FAIT DE METTRE LA MENTION "URGENT" ! J'AVAIS PEUR QUE MON MESSAGE PASSE À LA TRA...
TRÊVE DE BAVARDAGES !
VROOOUM
VOUS AVEZ SIGNALÉ DES DISPARITIONS QUI POURRAIENT ÊTRE LIÉES À NOTRE AFFAIRE... C'EST UNE INFORMATION PARTICULIÈREMENT INTÉRESSANTE !
J'AIMERAIS EN DISCUTER AVEC VOUS DE VIVE VOIX ...
JE VOUS REJOINS D'ICI QUELQUES MINUTES !

JE NE COMPRENDS PAS QUE ÇA N'AIT MIS LA PUCE À L'OREILLE À PERSONNE…
QUATRE DISPARITIONS DANS UN MÊME LYCÉE, CE N'EST PAS UN HASARD !
LES DEUX PROFESSEURS ÉTAIENT CÉLIBATAIRES…
AUCUN PROCHE N'A PRÉVENU LA POLICE… C'EST LE DRAME DE L'ISOLEMENT DANS LES GRANDES VILLES !
C'EST POURQUOI JE M'EN VAIS ILLICO ENVOYER UN RAPPORT…
EN OBJET, JE METS "IMPORTANT", "URGENT", ET "AFFAIRE LIÉE AU MEURTRE DE L'AGENT DU POSTE DE KAMIURAGA" !
ENVOYER !
CLIC
ON DIRAIT UN TITRE DE SPAM !
JE TIENS À ATTIRER L'ATTENTION DES COLLÈGUES DU GROUPE D'ENQUÊTE !
ILS RISQUENT PLUTÔT DE L'IGNORER, NON ?
TRILILILI ♪
UN APPEL ? JAMAIS VU CE NUMÉRO…
090582
COMME SI J'AVAIS DU TEMPS À PERDRE !
BIP
OUI, ALLÔ ?

HIROYUKI KYODA, LE GARÇON QUI A DISPARU IL Y A TROIS JOURS...
EST UN TRÈS BON AMI DU JEUNE KANAME SUDO !
SANS DÉCONNER ?!
DIS DONC, SURVEILLE UN PEU TON LANGAGE !
JE... JE VOUS DEMANDE PARDON !
AUTRE CHOSE : LE PROFESSEUR PRINCIPAL DE HIROYUKI KYODA, UN CERTAIN M. KATO...
EST ABSENT DEPUIS HIER. ON N'ARRIVE PAS À LE JOINDRE !
MAIS CE N'EST PAS TOUT !
FIGURE-TOI QU'UN ENSEIGNANT DU NOM DE TANAKA, COLLÈGUE ET AMI DE M. KATO...
N'A PAS DONNÉ SIGNE DE VIE DEPUIS SIX MOIS !
HEIN ? MAIS ATTENDEZ...
C'EST BEAUCOUP TROP GROS, LÀ !

IL N'EST PAS RENTRÉ DEPUIS LA NUIT DERNIÈRE...
ET PAS DE VISITEURS NON PLUS !
JE VOIS ...
DÉSOLÉ, SERGENT ...
SI JE NE L'AVAIS PAS PERDU DE VUE HIER SOIR, ON AURAIT PEUT-ÊTRE APPRIS QUELQUE CHOSE !
NE T'EN FAIS PAS ...
ON N'A PAS ASSEZ D'HOMMES POUR ASSURER UNE FILATURE, DE TOUTE FAÇON ...
IL FAUDRAIT QUE QUELQU'UN SE DÉCIDE À NOUS ENVOYER DES RENFORTS !
DU NEUF, DE VOTRE CÔTÉ ?
OH, ÇA OUI ! IL S'EN PASSE DE DRÔLES, DANS CE LYCÉE !

入居者募集
CROUNCH
TRILILILI ♪
BIP
ALORS, SAKAKI ?
DU NOUVEAU AVEC KANAME SUDO ?
NON, TOUJOURS RIEN !

KANAME...
ÇA TE DIRAIT QU'ON FONDE UNE FAMILLE ?
QUOI ?

* UN PEU PLUS DE 700 EUROS, NDT.

D'AC-CORD...
DONC SI J'ACHÈTE LE PLUS D'ABRIS POSSIBLE, JE N'AURAI PAS À CRAINDRE LES ATTAQUES PENDANT UN MOMENT ?
JE TE LE DÉCON-SEILLE !
POUR-QUOI ?
ÇA ME PERMETTRA D'ÉVITER DE ME BATTRE, NON ?
PAS TOUT À FAIT !
IL Y A DEUX TYPES DE COMBATS, LES DUELS ET LES EMBUS-CADES...
POUR LES PREMIERS, ON SÉLECTIONNE UN ADVERSAIRE DANS LA LISTE DES DUELLISTES DISPONIBLES ...
L'UN DES JOUEURS EST ENSUITE TÉLÉPORTÉ À PROXIMITÉ DE L'AUTRE ET LA PARTIE COMMENCE !
TU PARLES DE TÉLÉ-PORTATION COMME SI C'ÉTAIT BA-NAL ! C'EST DINGUE, CE JEU !
QUANT AUX EMBUS-CADES, ELLES PEUVENT ÊTRE DÉCLENCHÉES QUAND DES JOUEURS SE RENCONTRENT DANS LA VIE RÉELLE...
Duel
Embuscade
L'ABRI TE PRO-TÈGE DES DUELS, MAIS PAS DES EMBUS-CADES !

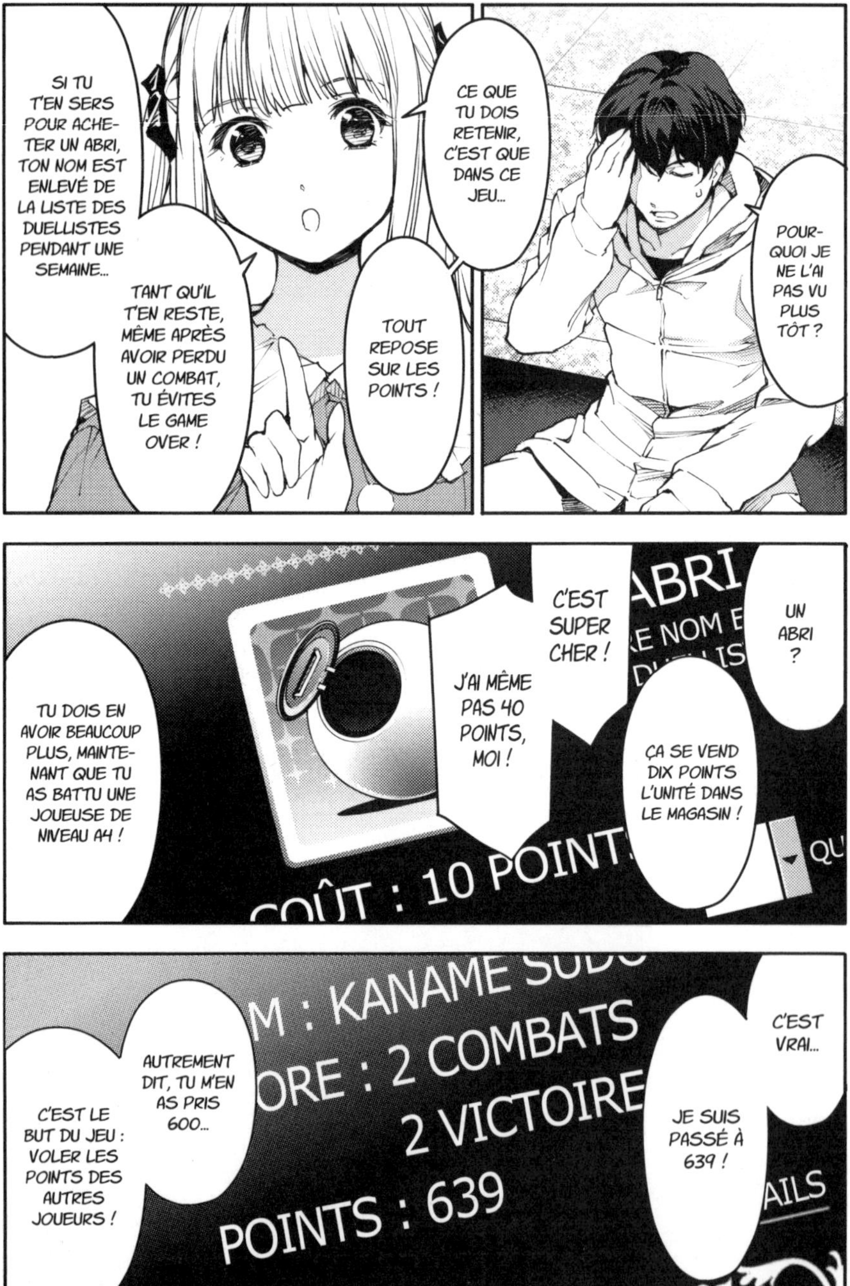
POURQUOI JE NE L'AI PAS VU PLUS TÔT ?
CE QUE TU DOIS RETENIR, C'EST QUE DANS CE JEU...
TOUT REPOSE SUR LES POINTS !
SI TU T'EN SERS POUR ACHETER UN ABRI, TON NOM EST ENLEVÉ DE LA LISTE DES DUELLISTES PENDANT UNE SEMAINE...
TANT QU'IL T'EN RESTE, MÊME APRÈS AVOIR PERDU UN COMBAT, TU ÉVITES LE GAME OVER !
UN ABRI ?
ÇA SE VEND DIX POINTS L'UNITÉ DANS LE MAGASIN !
ABRI
C'EST SUPER CHER !
J'AI MÊME PAS 40 POINTS, MOI !
TU DOIS EN AVOIR BEAUCOUP PLUS, MAINTENANT QUE TU AS BATTU UNE JOUEUSE DE NIVEAU A4 !
C'EST VRAI...
JE SUIS PASSÉ À 639 !
2 COMBATS
POINTS : 639
AUTREMENT DIT, TU M'EN AS PRIS 600...
C'EST LE BUT DU JEU : VOLER LES POINTS DES AUTRES JOUEURS !

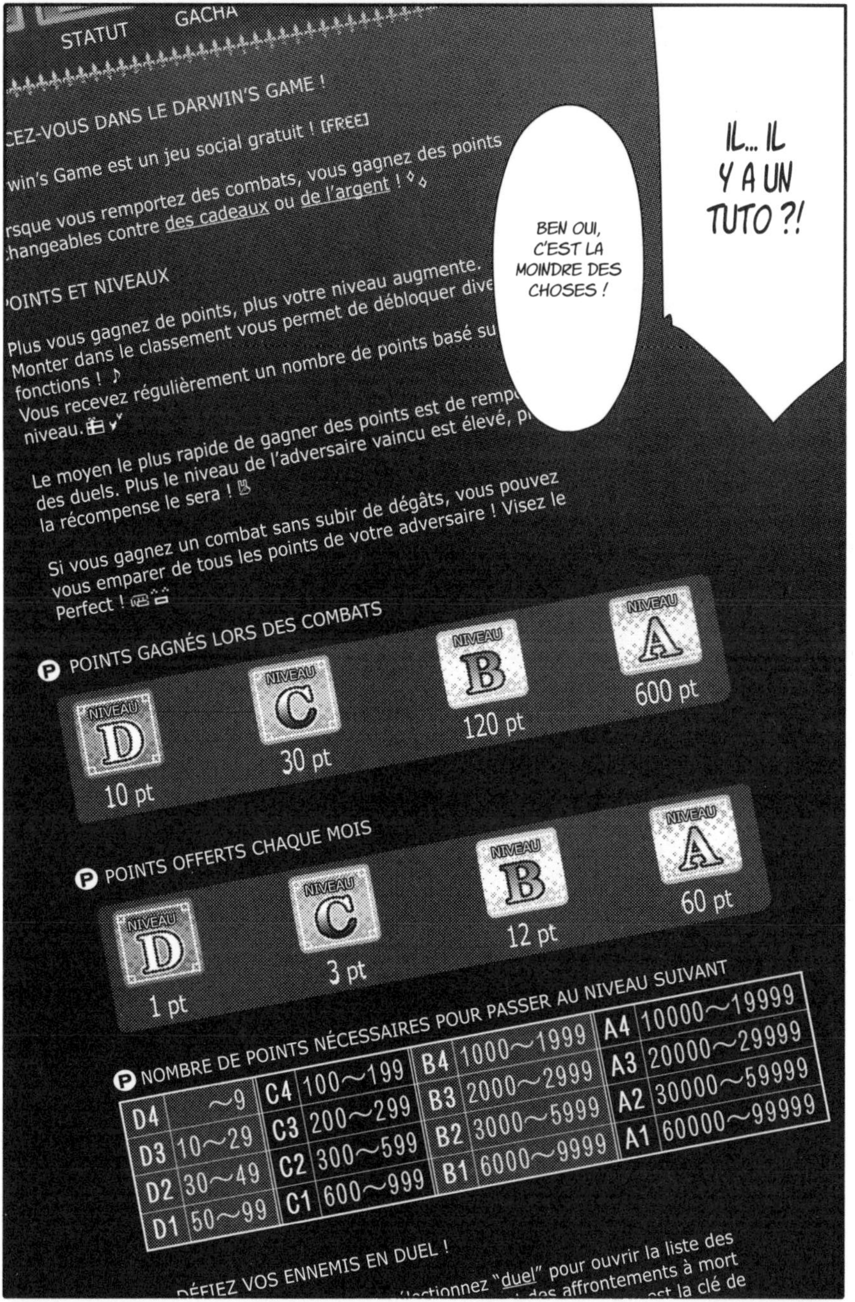
IL... IL Y A UN TUTO ?!
BEN OUI, C'EST LA MOINDRE DES CHOSES !
STATUT
GACHA
CEZ-VOUS DANS LE DARWIN'S GAME !
win's Game est un jeu social gratuit ! [FREE]
rsque vous remportez des combats, vous gagnez des points
changeables contre des cadeaux ou de l'argent !
POINTS ET NIVEAUX
Plus vous gagnez de points, plus votre niveau augmente.
Monter dans le classement vous permet de débloquer dive
fonctions ! ♪
Vous recevez régulièrement un nombre de points basé su
niveau.
Le moyen le plus rapide de gagner des points est de remp
des duels. Plus le niveau de l'adversaire vaincu est élevé, p
la récompense le sera !
Si vous gagnez un combat sans subir de dégâts, vous pouvez
vous emparer de tous les points de votre adversaire ! Visez le
Perfect !
POINTS GAGNÉS LORS DES COMBATS
NIVEAU D 10 pt
NIVEAU C 30 pt
NIVEAU B 120 pt
NIVEAU A 600 pt
POINTS OFFERTS CHAQUE MOIS
NIVEAU D 1 pt
NIVEAU C 3 pt
NIVEAU B 12 pt
NIVEAU A 60 pt
NOMBRE DE POINTS NÉCESSAIRES POUR PASSER AU NIVEAU SUIVANT
D4 ~9
D3 10~29
D2 30~49
D1 50~99
C4 100~199
C3 200~299
C2 300~599
C1 600~999
B4 1000~1999
B3 2000~2999
B2 3000~5999
B1 6000~9999
A4 10000~19999
A3 20000~29999
A2 30000~59999
A1 60000~99999
DÉFIEZ VOS ENNEMIS EN DUEL !
électionnez "duel" pour ouvrir la liste des
des affrontements à mort
est la clé de

ÉVÉNEMENT SPÉCIA
CHASSE AU TR
DÉSOLÉE, MAIS...
C'EST LA PREMIÈRE FOIS QUE JE VOIS ÇA !
NE RATEZ PAS L'OCCASI
FAIRE LE PLEIN DE PO
DANS : 23
ELLE NE SAIT RIEN NON PLUS...
VU LE STYLE DU DARWIN'S GAME, JE NE M'ATTENDS PAS À UNE INNOCENTE CHASSE AU TRÉSOR !
DANS : 23:31:48
JE N'AIME VRAIMENT PAS CE COMPTE À REBOURS...
L'AUTRE QUESTION QUE JE TENAIS À TE POSER...
C'EST COMMENT SE PROTÉGER DANS CE JEU !
JE POURRAIS RENTRER DANS LES DÉTAILS TOUT DE SUITE, MAIS...
TON PROBLÈME, C'EST SURTOUT QUE TU IGNORES LES BASES...
TU N'AS PAS LU LE TUTORIEL, JE SUPPOSE !

QU'EST-CE QUE TU VEUX SAVOIR ?
JE ME FERAI UN PLAISIR DE TOUT T'EXPLIQUER !
EUH... MERCI...
TU ADMETS ENFIN QUE JE NE SUIS PAS TON ENNEMI ?
CE N'EST PLUS DU TOUT LA MÊME QU'HIER !
BIEN SÛR !
HI HI !
NORMAL, APRÈS CE QUE TU M'AS DIT LA NUIT DERNIÈRE !
VRAIMENT ?
JE LUI AI RACONTÉ QUOI, AU JUSTE ?
JE NE ME RAPPELLE PLUS, À CAUSE DE CE COUP SUR LA TÊTE...
POUR COMMENCER, PARLE-MOI DE CETTE ANNONCE DE CHASSE AU TRÉSOR...
ELLE EST APPARUE D'UN COUP SUR MON ÉCRAN !
AH OUI, TIENS ! SUR LE MIEN AUSSI !

Game 07

COMMENT ÇA ?
TU... TU N'AS QU'À VENIR VOIR !
ET PAR PITIÉ, HABILLE-TOI !
BEN QUOI ?

MENU
STATUT
GACHA
POINTS
COMBAT
CLASSEMENT
ÉVÉNEMENT SPÉCIAL
CHASSE AU TRÉSOR
NE RATEZ PAS L'OCCASION DE FAIRE LE PLEIN DE POINTS !!
23:59:40
UNE CHASSE AU TRÉSOR ?!
QU'EST-CE QUE C'EST QUE CE TRUC, ENCORE ?
EH ! SHUKA !
RÉ-VEILLE-TOI !
OUAAAH ...
JE NE ME LÈVE PAS AVANT DIX HEURES, LE WEEK-END ...
IL EST MIDI PASSÉ !!
ET IL Y A UNE DRÔLE D'ANNONCE SUR MA PAGE DARWIN'S GAME !

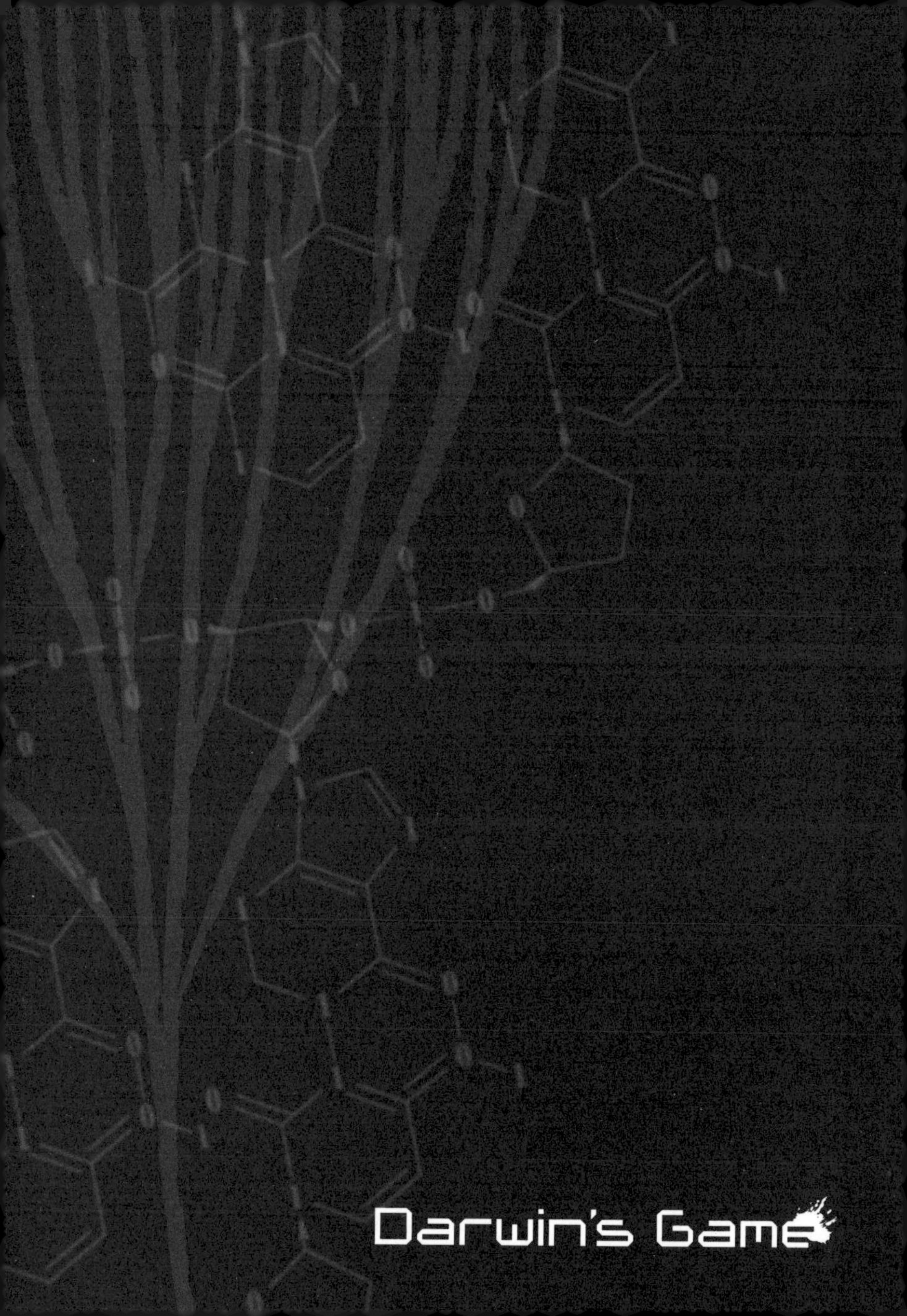
Darwin's Game

QUOI ENCORE ?
BOÎTE DE RÉCEPTION
From info@darwinsgame.com
03/07 12:00
Sub ◆ ANNONCE DU WEBMASTER DARWIN'S GAME ◆
Darwin's Game vous annonce un événement spécial réservé à des joueurs triés sur le volet.
↓ Pour plus de détails, cliquez sur le lien !
https://darwinsgame.com/?a=de41426cfac1ba84fe16f

MENU
STATUT
GACHA
POINTS
COMBAT
ÉVÉNEMENT SPÉCIAL
CHASSE AU TRÉSOR
NE RATEZ PAS L'OCCASION DE FAIRE LE PLEIN DE POINTS !!
LANCEMENT DANS : 23:59:40
UNE CHASSE AU TRÉSOR ?!

ELLE EST IMMENSE, CETTE CHAMBRE !
C'EST CHEZ SHUKA, ICI ?
SES PARENTS DOIVENT ÊTRE PLEINS AUX AS !
ELLE EST VRAIMENT MIGNONNE, QUAND ELLE DORT...
MAIS POURQUOI ELLE PIONCE À POIL ? C'EST UN TRUC DE FILLE DE RICHES ?
JE DEVRAIS PROBABLEMENT ARRÊTER DE MATER...
ENFIN, IL VA BIEN FALLOIR QUE JE LUI POSE DES QUESTIONS...
C'EST QUAND MÊME POUR ÇA QUE JE SUIS VENU LA VOIR !
SI ELLE M'A SOIGNÉ, C'EST SÛREMENT QU'ELLE A ARRÊTÉ D'EN VOULOIR À MA PEAU...
SHUKA !
DÉSOLÉ DE TE RÉVEILLER, MAIS...
TRILILILI ♪

ATTENDS, QU'EST-CE QUE JE RA-CONTE ?!
ELLE A BEAU ÊTRE JOLIE, ELLE EST QUAND MÊME COM-PLÈTEMENT CINGLÉE !
JE PRÉFÈRE ME TIRER PENDANT QU'ELLE DORT...
J'AI AUCUNE ENVIE DE ME FAIRE TRUCIDER À SON RÉVEIL !
QUOIQUE... SI JE FILE EN DOUCE, ELLE RIS-QUE DE L'AVOIR ENCORE PLUS MAU-VAISE !
QU'EST-CE QUE JE DOIS FAIRE ?
RÉCUPÉ-RER MES FRINGUES ET MON PORTABLE, CE SERAIT UN BON DÉBUT...

C'EST QUOI, CE DÉLIRE ?!
POURQUOI J'AI DORMI AVEC ELLE ?
ON N'A RIEN FAIT, HEIN ?!
ET D'ABORD, OÙ ON EST, LÀ ?!
JE ME RAP-PELLE JUSTE AVOIR PRIS UN COUP DE CHAÎNE SUR LA TÊTE... APRÈS, C'EST LE TROU NOIR !
ELLE M'AURAIT ÉPARGNÉ ? POURQUOI ?
GHooo
OUILLE !
C'EST ELLE QUI A PANSÉ MES BLES-SURES ?
ELLE S'Y EST PRISE COMME UN MANCHE, MAIS BON...
ELLE N'EST PEUT-ÊTRE PAS SI HOR-RIBLE, APRÈS TOUT !

HMM... "SEPT" ?
IL EST SEPT HEURES ?
ZZZ
NE ME RÉ-VEILLE PAS AVANT DIX HEURES !
...

HEIIIN ?!
MAIS C'EST QUOI, CETTE... CETTE...

TRÈS INTÉRESSANT !
JE VAIS POUVOIR VENDRE CES INFOS POUR PAS MAL DE POINTS... ÇA FAISAIT LONG-TEMPS !
HMM...
POF
JSH
AÏE !
J'AI MAL PAR-TOUT...
OÙ EST-CE QU...

*HARICOTS DE SOJA FERMENTÉS, À L'ASPECT GLUANT ET AU GOÛT TRÈS FORT, NDT.

EH ! KANAME !
QU'EST-CE QUI T'ARRIVE ?!
TAC
TAC
TAC
ÇA ALORS ! APRÈS LE CHASSEUR DE NOOBS ...
C'EST À LA REINE INVINCIBLE QUE LE NOUVEAU A FAIT MORDRE LA POUSSIÈRE !
TAC
TAC
TAC
TAC
IL A LE POTENTIEL D'UN NIVEAU A !
CROUNCH

C'EST BON, C'EST TERMINÉ ?
TU AS DÛ RECEVOIR UNE PARTIE DE MES POINTS...
TU PEUX VÉRIFIER SUR TON PROFIL !
ALORS AUCUN DE NOUS NE VA MOURIR ? TANT M...
!!
PLAF
"
HEIN ?!

IL EST SUPER FORT !
IL N'Y A PAS D'ANNULATION POSSIBLE DANS LE DARWIN'S GAME...
LA SEULE FAÇON D'ARRÊTER UNE PARTIE EN COURS, C'EST DE DÉCLARER FORFAIT...
JE ME RENDS !
TU AS GAGNÉ, JE VAIS COOPÉRER !
LA PARTIE EST TERMINÉE !
LA JOUEUSE SHUKA S'EST RENDUE !

JE N'AI PAS L'INTENTION DE TE TUER...
MAIS JE NE COMPTE PAS MOURIR NON PLUS !
TU N'AS PAS ENVIE DE TE FAIRE DÉSINTÉGRER, JE SUPPOSE...
ANNULE LA PARTIE !
"DÉSINTÉGRER" ?
TU PARLES DE L'ÉLIMINATION À ZÉRO POINT ?
JE NE CONNAIS RIEN AU JEU, JE TE RAPPELLE !
L'ÉLIMINATION QUOI ?
IL NE MENTAIT PAS, IL NE SAIT VRAIMENT RIEN !
POURTANT...

J'AI GAGNÉ !
TU AS INTÉRÊT À FAIRE CE QUE JE DIS, À COMMENCER PAR LÂCHER TON ARME !

JLAN
GH...
PLAF
AÏE !
FSSH

ÇA COM-MENCE À BIEN FAIRE !!
JE L'AI SEULE-MENT EF-FLEURÉ !
ENCORE UN COUP !
UNE MA-TRAQUE ÉLECTRI-QUE ?!
DZZZT
JE L'AVAIS POURTANT CASSÉE ! IL EN A MATÉ-RIALISÉ UNE AUTRE ?
AAAH !!
DZZZT

IL A JETÉ UNE ARME !
PAF
ENCORE UN LEURRE ?!
TAP
TAP
VSH
GRR ...
AAH !

IL M'A ENCORE RENDUE AVEUGLE !
IL COMPTE FAIRE QUOI, CETTE FOIS ? S'ENFUIR À NOUVEAU ?
JE LE SENS APPROCHER...
CHAÎNE EN MODE DÉFENSE !
TAP
TAP
NON, IL ATTAQUE !
YAAAAH !!

OH NON !
HÉ HÉ !
CONTRAIRE-MENT AUX SIENS...
MES YEUX SONT HABITUÉS À L'OBSCURITÉ !

C'EST L'ALIMENTATION ÉLECTRIQUE ! IL VEUT COUPER LE COURANT !
CRR
JE DOIS L'ARRÊTER !
BANG
CRAC

!!
C'EST QUOI, CE BRICO-LAGE ?
IL S'EST SERVI DU PISTOLET COMME LEURRE ?
MAIS ALORS OÙ EST-CE QU'IL SE CACHE ?!
NON ! CE N'EST PAS QU'UN APPÂT...
IL ESSAIE DE TRAN-CHER CE CÂBLE !
ALLEZ ...
CETTE FOIS, C'EST LA BONNE !

?!
IL N'EST PAS LÀ ?!
IMPOSSIBLE !
D'OÙ EST VENUE LA DÉTONATION, ALORS ?!
BANG
HEIN ?!

!
MA CHAÎNE N'A RIEN TOUCHÉ !
IL A DÉJÀ FILÉ ?!
BANG
NON, LE COUP DE FEU EST BIEN PARTI DE CET ENDROIT !
PASSONS À UNE APPROCHE FRONTALE !

VRRR
MAINTENANT QUE JE SAIS OÙ TU TE CACHES...
CE SERA FINI EN TROIS SECONDES !
VSH
JE TE TIENS !

IL ME TIRE DESSUS ?
NON, LA DÉTONATION ET LE BRUIT DE L'IMPACT VENAIENT DE LOIN !
TAP トッ
IL EST BIEN TOUT AU FOND, ALORS ?
FSH スッ
KIII クイ
TROUVÉ !
ON VOIT LA FUMÉE DE TON ARME, KANAME !
TU PANIQUES ?
OU BIEN TU ESSAIES DE ME FAIRE PEUR ?

CLANG
CLANG
CLANG
CLANG
IL N'EST PAS LÀ NON PLUS...
À TOUS LES COUPS, IL S'EST RÉFUGIÉ AU FOND !
EST-CE QUE J'Y VAIS DIRECTEMENT ?
NON ! SURTOUT PAS DE PRÉCIPITATION !
MA REINE DES ÉPINES NE CRAINT QU'UN TYPE D'ATTAQUE : UN ASSAUT AVEC UNE ARME LONGUE PORTÉE VENANT D'UN ANGLE MORT...
IL VAUT MIEUX ÉLIMINER LES CACHETTES LES UNES APRÈS LES AUTRES !
BANG

UNE FACULTÉ QU'ON UTILISE SI NATUREL-LEMENT...
QUE C'EST COMME SI ON L'AVAIT TOUJOURS POSSÉDÉE !
DE QUOI AS-TU BESOIN, MAINTENANT ?
QUEL EST L'OBJET QUI ME SERAIT LE PLUS UTILE DANS CETTE SITUATION ?
RÉAPPARAIS

ALORS TU AS FABRIQUÉ L'ARME LA PLUS PUISSANTE À LAQUELLE TU AIES PU PENSER À CET INSTANT !
"FABRIQUÉ" ?
C'EST PARFAITEMENT IMPOSSIBLE !
QU'EST-CE QUE JE RACONTE ?!
BIEN SÛR QUE SI !
AH OUI ? ET QU'EST-CE QUI TE PERMET DE L'AFFIRMER ?
EST-CE QUE TU DOUTES DE TA CAPACITÉ À RESPIRER ?

REVENONS À L'INSTANT...
OÙ LE PISTOLET EST APPARU...
QU'EST-CE QUI S'EST PASSÉ ?
QU'EST-CE QUE J'AI FAIT ?
JE ME RAPPELLE JUSTE QUE J'AI SOUHAITÉ...
AVOIR QUELQUE CHOSE POUR ME DÉFENDRE !

SI C'EST AUSSI SIMPLE QU'ELLE LE PRÉTEND...
JE DEVRAIS RÉUSSIR À LE REFAIRE !
AUTANT ESSAYER !
C'EST RIDICULE DE PARIER MA VIE SUR UN ÉVENTUEL POUVOIR MAGIQUE...
MAIS JE N'AI PAS DE MEILLEURE IDÉE !
DE TOUTE FAÇON, LA SITUATION PEUT DIFFICILEMENT ÊTRE PIRE...

ELLE SERA ICI DANS QUELQUES MINUTES À PEINE...
ET JE N'AI PLUS NULLE PART OÙ ME CACHER...
IL FAUT QUE JE TROUVE UN PLAN !
TSS...
À EN CROIRE SHUKA, C'EST MON POUVOIR QUI A FAIT VENIR LE FLINGUE...
J'AURAIS PRÉFÉRÉ UNE ARME UN PEU PLUS PRATIQUE !
TOUS LES JOUEURS SAVENT INSTINCTIVEMENT SE SERVIR DE LEUR SIGIL !
C'EST UNE APTITUDE INNÉE...
AUSSI NATURELLE QUE LE FAIT DE RESPIRER !

CLANG
CLANG
CLANG
CLANG
ELLE RÉDUIT EN MIETTES ...
TOUS LES ENDROITS OÙ JE POURRAIS ME PLANQUER !
BRUTAL, MAIS EFFICACE... ELLE N'ÉPARGNE AUCUN RECOIN !
CE PISTOLET NE ME SERVIRAIT QU'À LA MENACER...
JE NE ME SENS PAS CAPABLE DE PRESSER LA DÉTENTE.

GH...
JE COMMENCE À AVOIR LA TÊTE QUI TOURNE !
J'AI INTÉRÊT À VITE ARRÊTER L'HÉMORRAGIE...
感電注意
SAUF QUE BIEN SÛR, JE N'AI PAS DE PANSEMENTS !
FRSH
FRSH
DU SCOTCH ...
COMME JE NE SAVAIS PAS DE QUOI J'AURAIS BESOIN, J'AI FOURRÉ UN PEU N'IMPORTE QUOI DANS MON SAC...
FRSHHH
C'EST TOUJOURS MIEUX QUE RIEN !
ÇA FERA L'AFFAIRE POUR LE MOMENT ...

MON SIGIL, LA REINE DES ÉPINES, ME PERMET DE MANIPULER TOUTE CORDE OU CHAÎNE...
DU COUP, MES ATTAQUES ONT UNE TRÈS GRANDE PORTÉE...
SI L'APTITUDE DE KANAME EST AUSSI LIMITÉE QUE JE LE PENSE, JE LE DÉBUSQUERAI SANS PROBLÈME !
BAM
AAAH !
ELLE A UNE PUISSANCE PAS CROYABLE, CETTE CHAÎNE !

ガギ
CLANG
IL A FILÉ...
C'EST UN RAPIDE !
AU MOINS, IL A PIGÉ ...
QUE CE N'ÉTAIT PAS AVEC UN PISTOLET QU'IL POURRAIT GAGNER !
IL A SANS DOUTE UN POUVOIR DE MATÉRIALISATION...
LES SIGILS DE TYPE TÉLÉPORTATION SONT RARES...
MAIS SI ÇA NE FONCTIONNE QUE SUR SON FLINGUE, JE N'AI RIEN À CRAINDRE !

AÏE !
C'EST PAS POSSIBLE, ELLE NE POUVAIT PAS ME VOIR !
JE N'AI PAS INTÉRÊT À RESTER LÀ ! AU PROCHAIN COUP, JE ME FAIS TRANSPERCER !
CLANG
JE L'AI TOUCHÉ…
ENFIN, ÉRAFLÉ…
PAF
MAINTENANT, JE SAIS OÙ IL EST !
VSH

VSH
C'EST PAS VRAI !
VSH
AAH !
TCHAC

SI J'ARRIVE À TOUCHER SHUKA, ELLE NE S'EN TIRERA PAS AVEC UNE SIMPLE BLESSURE...
JE ME VOYAIS DÉJÀ MAL BUTER LE PANDA, ALORS UNE GAMINE, C'EST MÊME PAS LA PEINE D'Y PENSER !
ÇA A BEAU S'APPELER LE DARWIN'S GAME...
SI ON DOIT S'ENTRE-TUER, CE N'EST PLUS UN JEU !
SALETÉ !
MÊME SI J'AI UN FLINGUE, JE N'OSERAI JAMAIS M'EN SERVIR !
LES ARMES QUE J'AVAIS APPORTÉES ÉTAIENT CENT FOIS MIEUX...
SEULEMENT VOILÀ, LA MATRAQUE EST EN PIÈCES...
ET LA LAMPE TORCHE NE FERA PAS BEAUCOUP D'EFFET, DANS UN ENDROIT ÉCLAIRÉ !

SI C'EST BIEN LE MIEN, JE L'AVAIS CHARGÉ AVANT DE SORTIR...
CLAC
C'EST BON, IL Y A DES BALLES...
MAINTENANT, J'ENLÈVE LE CRAN DE SÛRETÉ...
BANG
LA BALLE EST VRAIMENT PARTIE ! IL Y A UN SACRÉ RECUL !

TU AVAIS BIEN UN SIGIL, PETIT CACHOTTIER !!
TU AS LE POUVOIR DE FAIRE APPARAÎTRE UN PISTOLET ?!
EST-CE QUE ÇA MARCHE AUSSI AVEC D'AUTRES OBJETS ?!
EN COMBIEN DE LANGUES JE DOIS TE RÉPÉTER QUE JE N'EN AI AUCUNE IDÉE ?!
FINI LA PARLOTTE !
JE VAIS TE MONTRER QU'UNE ARME À FEU, C'EST LOIN DE SUFFIRE CONTRE MOI !
NON, ATTENDS !
AUCUNE RÉPONSE ...
JE VAIS VRAIMENT DEVOIR L'AFFRONTER !
C'EST MON SIGIL QUI AURAIT FAIT VENIR CE PISTOLET DEPUIS CHEZ MOI ?
JE L'AI BRAQUÉ INSTINCTIVEMENT SUR SHUKA...
MAIS JE NE SAIS MÊME PAS S'IL FONCTIONNE !

SÉRIEUSEMENT, D'OÙ SORT CE FLINGUE ?
JE L'AVAIS LAISSÉ CHEZ MOI, J'EN SUIS SÛR !
IL EST APPARU D'UN SEUL COUP DANS MA MAIN...
タタッ
TAP TAP
MAIS JE NE SUIS PAS SORTI D'AFFAIRE POUR AUTANT !
EH, SHUKA !
ET SI ON EN RESTAIT LÀ ? QU'EST-CE QUE TU EN PENSES ?!
TU N'AS PAS ENVIE DE TE FAIRE TIRER DESSUS, SI ?!
TU PLAISANTES ?!
LA PARTIE DEVIENT ENFIN INTÉRESSANTE !

BON SANG !!
FSH
VSHHHH
CLANG
VSH
ELLE M'A ÉCHAPPÉ !
OUAIS, ENFIN...
C'EST PLUTÔT MOI QUI L'AI ÉCHAPPÉ BELLE !

CLANG
OÙ ELLE EST PASSÉE ?
VSH
EN L'AIR !

Game 06

LE FLINGUE ?!
MAIS COMMENT...
PLUS TARD, CE N'EST PAS LE MOMENT D'Y RÉFLÉCHIR !
AAAAH !!

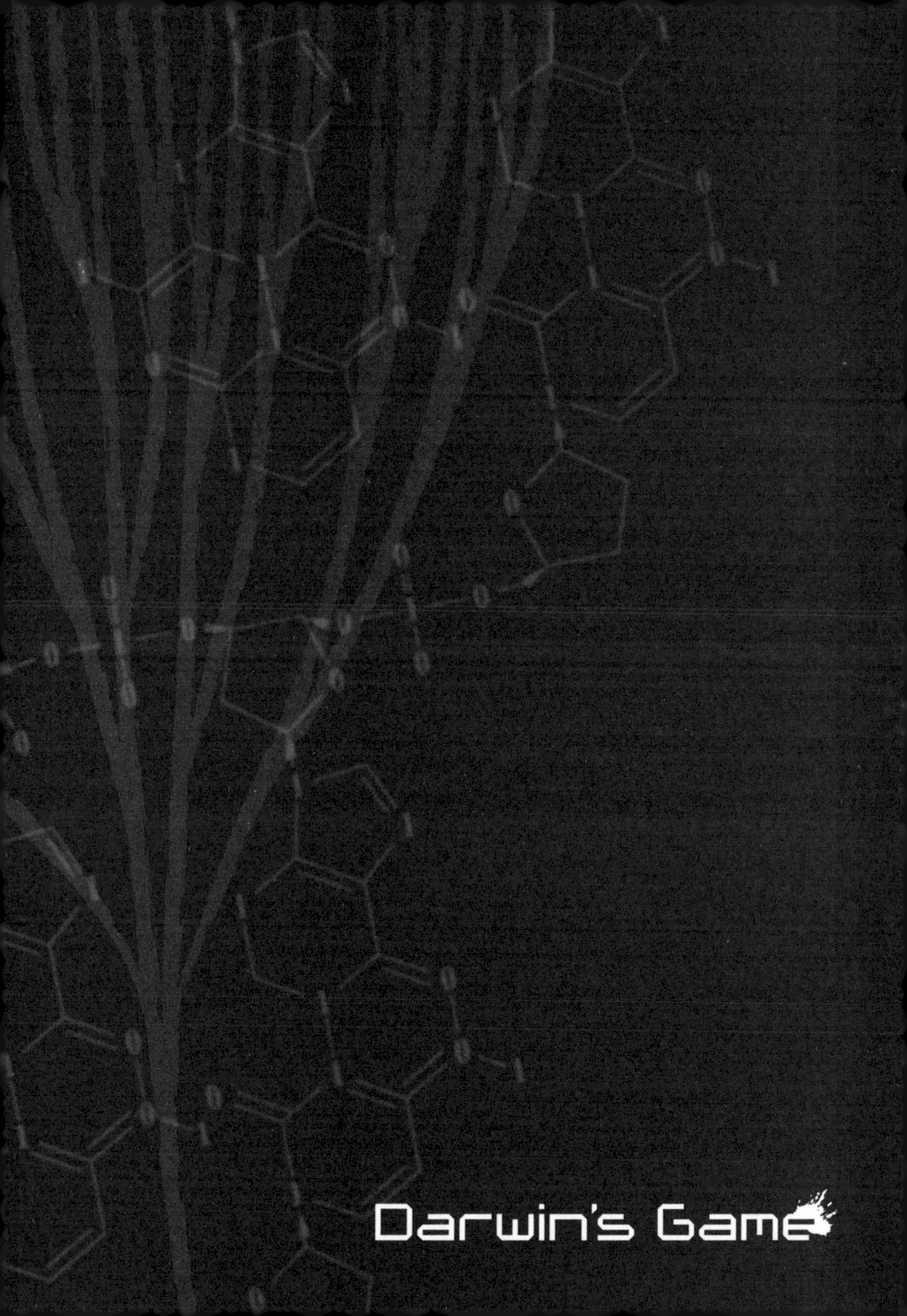
Darwin's Game

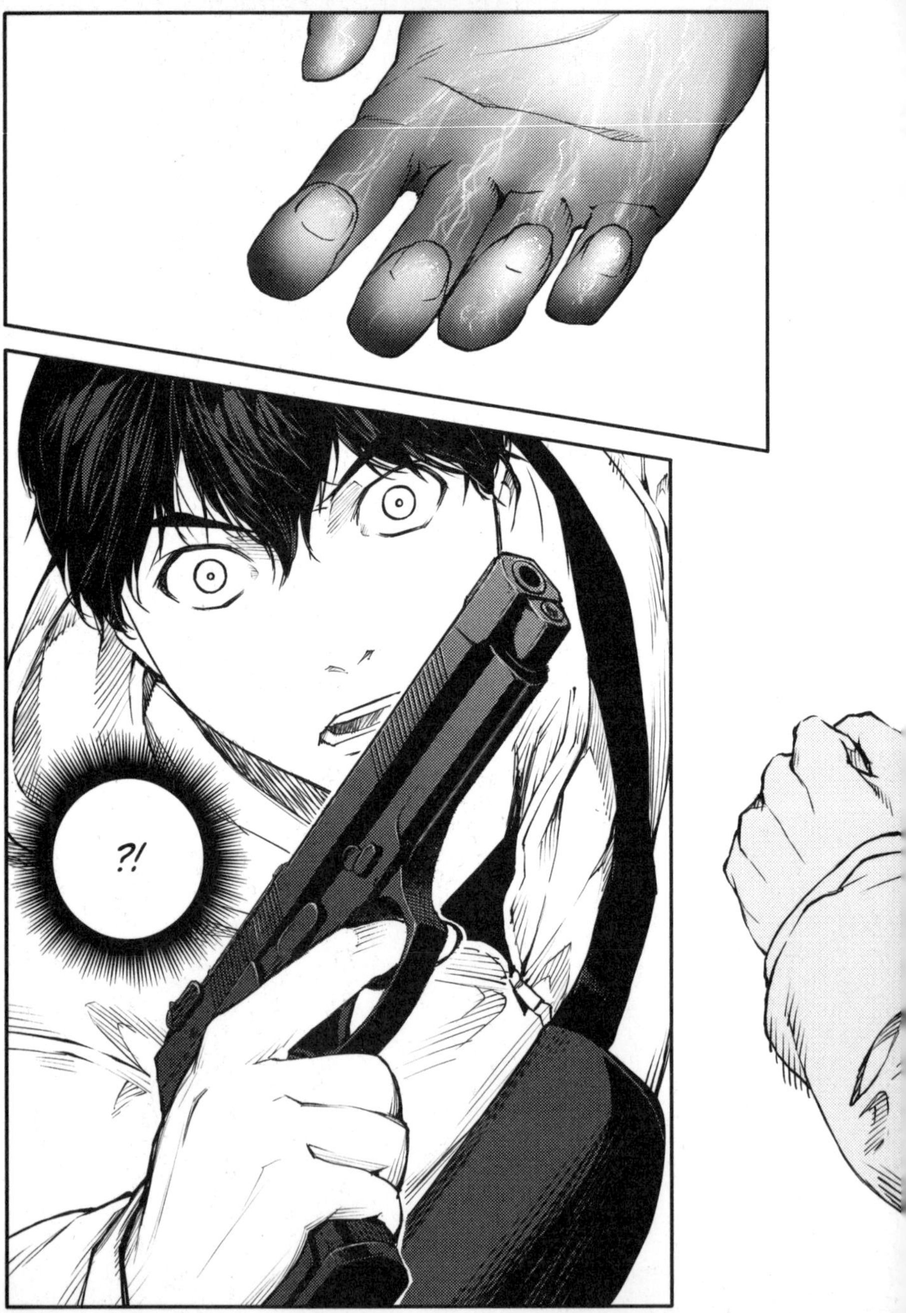

MAIS JE LE SUIS, BON SANG !!
AVEC UNE ARME, JE POURRAIS ENCORE ME BATTRE !

HA HA... COMME SI J'AVAIS LE CHOIX...
IL FAUT VOIR LA RÉALITÉ EN FACE, JE SUIS FICHU !
POURQUOI JE CONTINUE À COURIR COMME UN MALADE ?
J'AI LA HAINE !
OUI, JE SUIS DÉGOÛTÉ !
JE DONNERAIS CHER POUR COLLER MON POING DANS LA FACE DU CRÉATEUR DE CE MAUDIT JEU...
SAUF QUE SANS ARME, JE N'AI PLUS AUCUNE CHANCE !
TU PARLES ! PARCE QUE ÇA CHANGERAIT QUELQUE CHOSE...
SI J'EN AVAIS UNE ?
JE NE ME SAVAIS PAS AUSSI TENACE...

LE SIGIL...
C'EST CE QUI LUI PERMET DE MANIPULER SON ARME ?
SI CETTE CHAÎNE ME TOUCHE, JE SUIS MORT !
LE PROBLÈME, C'EST QUE MOI, JE N'AI PAS REÇU DE SUPER-POUVOIR !
ET MÊME SI JE L'ÉVITE...
SHUKA N'AURA QU'À LA FAIRE DÉVIER POUR ME FRAPPER !
MOI QUI N'AVAIS RIEN DEMANDÉ À PERSONNE, JE VAIS MOURIR PARCE QU'UNE JOUEUSE PLUS FORTE QUE MOI L'A DÉCIDÉ !
QUELLE SALOPERIE DE JEU !
ENFIN, C'EST COMME ÇA...
J'AI DÉJÀ EU DE LA CHANCE DE SURVIVRE CONTRE L'AUTRE ABRUTI DE PANDA !
JE N'AI PLUS...
QU'À ACCEPTER MON SORT...
NON, PAS QUESTION !

ADIEU !
FVIT
VSH

J'AVOUE QUE JE SUIS UN PEU DÉÇUE !
MAIS TU NE PEUX PAS FAIRE MIEUX ?
SA CHAÎNE BOUGE COMME SI ELLE ÉTAIT VIVANTE !
J'ESPÉRAIS VOIR TON SIGIL, MAIS TANT PIS...
FINISSONS-EN !

* ENVIRON 200 EUROS, NDT.

YAAH !
VSH
CRAC
AAH !
BELLE ESQUIVE, TU AS DE BONS RÉFLEXES !
IL VA PEUT-ÊTRE FALLOIR QUE JE ME BATTE SÉRIEUSEMENT...
CLANG
C'ÉTAIT JUSTE UN COUP DE BOL !
TU PEUX CONTINUER À RETENIR TES COUPS !
SAUF QUE TU VOIS, JE VAIS FINIR PAR M'ENNUYER SI TU NE TE SERS PAS DE TON SIGIL !

ÇA NE SERT À RIEN DE FUIR…
JE TE PRÉVIENS, TOUTES LES PORTES SONT VERROUILLÉES !
LA FERME !
JE LES DÉFONCERAI S'IL LE FAUT !
TAP
EN VOILÀ UNE !
CLAC
CLAC
CLAC
MERDE ! CELLE-LÀ AUSSI EST EN MÉTAL !
QU'EST-CE QUE JE T'AVAIS DIT ?! DÉFENDS-TOI SI TU TIENS À LA VIE !

FLASH
カッ
FLASH
FLASH
FLASH
カッ
カッ
AH !
ELLE CONTRÔLE MÊME L'ÉCLAIRAGE ?
PLUS MOYEN DE L'ÉBLOUIR NI DE ME CACHER DANS L'OMBRE...
TAP
INUTILE DE MOISIR ICI, ELLE VA ME TROUVER TOUT DE SUITE !
AH, TE VOILÀ !

BIEN !
JE COMMENCE À Y VOIR PLUS CLAIR...
LA PARTIE PEUT REPREN-DRE !
CLIC
MAIS D'ABORD ...

TU TE DÉBROUILLES !
MAIS DÈS QUE J'AURAI RETROUVÉ LA VUE, JE NE TE RATERAI PAS !
CLANG
VSH
ELLE A RAISON...
QUAND ELLE POURRA ME VOIR, CE SERA FINI !
JE DOIS TROUVER UNE PLANQUE !
ET APRÈS, JE FAIS QUOI ?!
EST-CE QU'IL Y A D'AUTRES SORTIES ?
OU ALORS...
EST-CE QUE JE VAIS ENCORE DEVOIR ME BATTRE ?!

J'AI EU CHAUD !
ゴロロッ
ROLL
C'ÉTAIT QUOI ? UNE CHAÎNE ?!
トッ
TAP
J'Y CROIS PAS ! ELLE A PERCÉ UNE PORTE EN MÉTAL !
JE L'AI MANQUÉ ?!
NON, IL A ESQUIVÉ !
ゴウン
VUVM

ÇA VEUT DIRE QU'ELLE SAIT EXACTEMENT OÙ JE VAIS !
CRAC
CRIII
VSH

J'AI LE TEMPS DE SORTIR... ET SHUKA EST TOUJOURS AVEUGLÉE...
J'IGNORE QUEL GENRE D'ARME ELLE POSSÈDE, MAIS ELLE NE RISQUE PAS DE TOUCHER CE QU'ELLE NE VOIT PAS !
C'EST PAS LE MOMENT D'HÉSITER !
NON, IL Y A UN PROBLÈME !
J'AI UN MAUVAIS PRESSENTIMENT...
QU'EST-CE QUI NE VA PAS ?
POURQUOI ?!
JE DOIS FONCER, OU LA SEULE ISSUE VA SE FERMER DEVANT M...
"LA SEULE ISSUE" ?!

VVVM
?!
VVVM
ゴゴゴ
VVVM
ゴゴゴ
NON ! LA PORTE SE REFERME !
IL Y AVAIT ENCORE L'ÉLECTRICITÉ, DANS CETTE RUINE ?!
ÇA IRA, JE VAIS PASSER !
GLOUPS

PAS SI VITE !
REVIENS ICI, SI TU ES UN HOMME !
C'EST PAS UNE QUESTION DE SEXE !
UNE FILLE ARMÉE EST PLUS DANGEREUSE QU'UN MEC SANS AUCUNE DÉFENSE !
J'AI PRESQUE ATTEINT LA SORTIE !
UNE FOIS SUR MON SCOOTER, JE POURRAI SEMER CETTE CINGLÉE !
FRSH
CLIC

POUR METTRE LES VOILES !!
ADIEU !
TAP
TAP

AAAH !
GAGNÉ !
ELLE EST PUISSANTE, CETTE LAMPE TORCHE !
RIEN À VOIR AVEC CE QU'ON TROUVE EN SUPERMAR-CHÉ !!
ÇA DOIT FAIRE MAL AUX YEUX, HEIN ? SUR-TOUT QUAND ON S'EST HA-BITUÉ À LA PÉNOMBRE !
TU ES HORS-JEU POUR UN PETIT MO-MENT !
C'EST L'OCCASION RÊVÉE...

FLASH

ÇA CRAINT UN MAX !
ET DIRE QUE CE GADGET M'A COÛTÉ UNE BLINDE... C'ÉTAIT BIEN LA PEINE !
GRR
QU'EST-CE QUI SE PASSE, SI J'AI UN TRUC UN PEU LOUCHE DANS MON SAC ?
CETTE FOIS, C'EST DÉCIDÉ ...
JE TE FAIS LA PEAU !
BIP
BIP
COMBAT EN COURS !
COMBAT EN COURS !
BATTLE!!
QUOI ?! DÉJÀ ?!
CONTENTE DE T'AVOIR CONNU !
VSH
BON SANG !

UN COUTEAU ?
¥ 1980
ENCORE MOINS !
JE SERAIS PARFAITEMENT INCAPABLE DE POIGNARDER QUELQU'UN...
ミックキッチン包丁
¥ 1970
¥ 999
AH, C'EST MALIN ! JE NE SAIS MÊME PAS CE QUE JE CHERCHE !
ESPACE ADULTES
ADULTS ONLY
18
IL Y A VRAIMENT DE TOUT, ICI...
GLOUPS
DVD
AUTODÉFENSE
MAIS OUI ! JE TROUVERAI SÛREMENT QUELQUE CHOSE DANS CE RAYON...
AUTODÉFEN
PARFAIT !!
C'EST EXACTEMENT CE QU'IL ME FAUT !
TAC

VROOOUM
パパ
パパ
パ
パ
ZUT... JE NE VAIS QUAND MÊME PAS Y ALLER SANS RIEN POUR ME DÉFENDRE !
IL ME FAUT UNE ARME...
MAIS QUELQUE CHOSE DE PLUS LÉGAL !
LE PALAIS DU DISCOUNT
HOLIDAY SHOCK
UN MAGASIN DISCOUNT...
J'Y TROUVERAI PEUT-ÊTRE MON BONHEUR !
ARTICLES DE SPOR
sports & outdoor
UNE BATTE DE BASEBALL ?
NON, TROP VOYANT !
ÇA POURRAIT DONNER L'IMPRESSION QUE JE VIENS POUR ME BATTRE...

PIN PON
ガチャ
CLAC
C'EST QUOI ? UNE VOI-TURE DE POLICE ?
PIN PON PIN PON
FINALEMENT, C'EST PEUT-ÊTRE PAS UNE BONNE IDÉE DE ME PROMENER AVEC UN PISTOLET...
SURTOUT QU'EN SCOO-TER, J'AI PLUS DE CHANCES DE ME FAIRE CONTRÔLER ! J'AI PLUTÔT INTÉRÊT À LE LAISSER CHEZ MOI...

HMM...
CE NE SERAIT PAS MALIN D'ALLER À CE RENDEZ-VOUS LES MAINS VIDES...
LA QUESTION, C'EST DE SAVOIR SI JE PRENDS LE FLINGUE OU PAS...
BAH, ON N'EST JAMAIS TROP PRUDENT !
FRSH
JE SERAI BIEN CONTENT DE L'AVOIR EN CAS DE COUP FOURRÉ !

ADMETTONS, MAIS ÇA NE CHANGE RIEN ! JE NE PEUX PAS TE FAIRE CONFIANCE...
GLOUPS
ÇA CRAINT !
VU SON REGARD, ELLE NE VA PAS SE CONTENTER DE M'ENVOYER BOULER...
JE NE SUIS PAS VENU POUR ME BATTRE, JE TE LE JURE !
ÇA, AU MOINS, TU PEUX LE CROIRE !
ALORS MONTRE-MOI LE CONTENU DE TON SAC...
S'IL N'Y A PAS D'ARME DEDANS, JE TE LAISSERAI FILER !
EUH...
LÀ, JE SUIS MAL !
SI ELLE VOIT CE QUE J'AI APPORTÉ...

MON PROFIL, ÇA DOIT ÊTRE LÀ...
CLAN : AUCUN
NOM : KANAME SUDO
SCORE : 1 COMBAT 1 VICTOIRE
NIVEAU : D3
POINTS RESTANTS :
TOTAL DES POINTS
ADVERSAIRE
FONCTIONS DÉBLOQUÉES
"NOM : KANAME SUDO"...
"SCORE : UN COMBAT, UNE VICTOIRE"...
"NIVEAU D3"...
SIGIL : (ERREUR : ANALYSE IMPOSSIBLE)
ÇA DIT : "ERREUR, ANALYSE IMPOSSIBLE" !
JE NE TE CROIS PAS...
IL N'Y A JAMAIS DE BUG DANS LE JEU !
C'EST POURTANT BIEN LE CAS, TU N'AS QU'À REGARDER !

UNE ÉVOLUTION ? J'AI BIEN EU L'IMPRESSION QU'UN SERPENT ME MORDAIT, MAIS RIEN DE PLUS !
CE N'EST PAS POS-SIBLE...
TOUS LES JOUEURS SAVENT INS-TINCTIVEMENT SE SERVIR DE LEUR SIGIL !
C'EST BIEN BEAU, TOUT ÇA...
SAUF QUE JE NE VOIS TOUJOURS PAS DE QUOI ELLE PARLE !
C'EST UNE APTITUDE INNÉE...
AUSSI NATU-RELLE QUE LE FAIT DE RESPIRER !
BON, TANT PIS...
PEUT-ÊTRE QUE TU N'EN AS PAS EN-CORE CONS-CIENCE !
REGARDE TON PROFIL SUR L'APPLI...
TA CAPA-CITÉ Y EST INDIQUÉE !
BIP
ピッ

POUR COMMENCER, RÉVÈLE-MOI TON SIGIL...
ENSUITE, TU M'EN FERAS UNE DÉMONSTRATION !
TANT QUE JE NE CONNAÎTRAI PAS SA NATURE, JE CONTINUERAI À ME MÉFIER !
DE QUOI ELLE PARLE ?
ELLE M'AVAIT DÉJÀ SORTI CE MOT BIZARRE SUR LE CHAT...
ÇA VEUT DIRE QUOI, "SIGIL" ?
C'EST UN DES TERMES DU JEU ?
JE TE RAPPELLE QUE JE SUIS UN DÉBUTANT COMPLET !
TU AS ÉTÉ MORDU PAR LE SERPENT, NON ?
LE SIGIL, C'EST L'ÉVOLUTION QU'IL T'A OFFERTE POUR T'AIDER À SURVIVRE !

EST-CE QU'AU MOINS IL Y A UN MOYEN D'EMPÊCHER LES AUTRES DE M'ATTAQUER ?!
PARCE QUE SINON, JE NE POURRAI PLUS FERMER L'ŒIL DE LA NUIT !
BIEN SÛR QU'IL Y A UN MOYEN !
HA HA HA HA !
C... C'EST VRAI ?!
JE T'EN PRIE, EXPLIQUE-MOI COMMENT ÇA MARCHE !
TU AS OUBLIÉ CE QUE JE T'AI DIT ? JE DOIS D'ABORD ÊTRE SÛRE...
QUE TU N'ES PAS UNE MENACE !
COMMENT JE PEUX TE LE PROUVER ?
JE TE PROMETS DE NE PAS T'ATTAQUER !!

TU REMPORTES LES COMBATS…
TU TRUCIDES TES ADVERSAIRES…
ET TU SURVIS !
C'EST PAS COMPLIQUÉ !
JE NE POURRAIS JAMAIS TUER QUELQU'UN !

FRANCHEMENT, C'EST QUOI, CE SYSTÈME À LA CON ?!
JE N'AI JAMAIS ENTENDU PARLER D'UN JEU QU'ON NE PEUT PAS QUITTER !
C'EST CLAIREMENT PAS LÉGAL, CE TRUC !
POURQUOI C'EST À MOI QUE TU TE PLAINS ? JE N'Y SUIS POUR RIEN !
OK, TRÈS BIEN ...
SI JE SUIS COINCÉ DANS CETTE PARTIE, COMMENT JE PEUX SAUVER MA PEAU ?!
MÊME SI JE NE FAIS RIEN, D'AUTRES JOUEURS VONT ESSAYER DE ME BUTER !
JE N'AI PAS ENVIE DE CREVER À CAUSE D'UN JEU DÉBILE !
ALORS TU N'AS QU'À GAGNER !

MAIS C'EST ABSURDE !!
ÇA N'EXISTE PAS, UN JEU PAREIL !
C'EST IMPOSSIBLE DE QUITTER LE DARWIN'S GAME !
TU REMETS ÇA ?
JE T'AI DÉJÀ RÉPONDU SUR LE CHAT...
QU'EST-CE QUE TU VEUX QUE J'Y FASSE ?
SI TU TIENS TELLEMENT À ARRÊTER, TU PEUX TOUJOURS MOURIR !
DONC ÇA CONTINUERA AUSSI LONG-TEMPS QUE JE SERAI EN VIE ?

C… C'EST TOI, SHUKA ?
TU VAS VRAIMENT M'APPRENDRE COMMENT FONCTIONNE LE DARWIN'S GAME ?
BIEN SÛR !
ENFIN, SI JE VOIS QUE TU ES DIGNE DE CONFIANCE !
MAIS COMME TU AS PRIS LA PEINE DE VENIR ICI…
JE T'OFFRE UNE INFO GRATIS !
QU'EST-CE QUE TU VEUX SAVOIR ?
JE N'AI DROIT QU'À UNE SEULE QUESTION…
J'AI INTÉRÊT À BIEN LA CHOISIR !
POUR COMMENCER…
DIS-MOI COMMENT ON SORT DE CE FICHU JEU !
JE M'Y SUIS INSCRIT SANS LE FAIRE EXPRÈS ET JE N'AI AUCUNE ENVIE D'Y JOUER !

D'OÙ EST-CE QU'ELLE EST SORTIE ?
ELLE N'A QUAND MÊME PAS SAUTÉ DU TOIT ?!
JE NE M'ATTEN-DAIS PAS À ÇA...
À VRAI DIRE, JE N'ÉTAIS MÊME PAS SÛR DE BIEN AVOIR AFFAIRE À UNE FILLE...
TU TIRES UNE DE CES TRONCHES ! QU'EST-CE QU'IL Y A ?
R... RIEN DU TOUT !
C'EST SANS IMPORTANCE !
MÊME DE LOIN ET DANS LE NOIR, JE VOIS BIEN QU'ELLE EST MIGNONNE...
ELLE RES-SEMBLE À SON IMAGE DANS LE JEU... COMMENT ILS SONT CRÉÉS, CES AVATARS ?

KISHIMA
ET MAINTE-NANT...
TU VEUX BIEN TE MONTRER ?!
CRIII
FSH
CRIII
CRIII
C'EST QUOI...
CES GRINCE-MENTS ?

ELLE EST GIGAN-TESQUE, CETTE USINE !
PAR CONTRE, J'AI L'IMPRESSION QU'ELLE EST DÉSAFFEC-TÉE DEPUIS UN BOUT DE TEMPS...
TU PEUX T'ARRÊTER LÀ !
AH !
AVEC L'ÉCHO, JE N'ARRIVE PAS À DÉ-TERMINER D'OÙ VIENT SA VOIX...
MAIS APPA-REMMENT, C'EST BIEN UNE FILLE, COMME SON AVATAR.

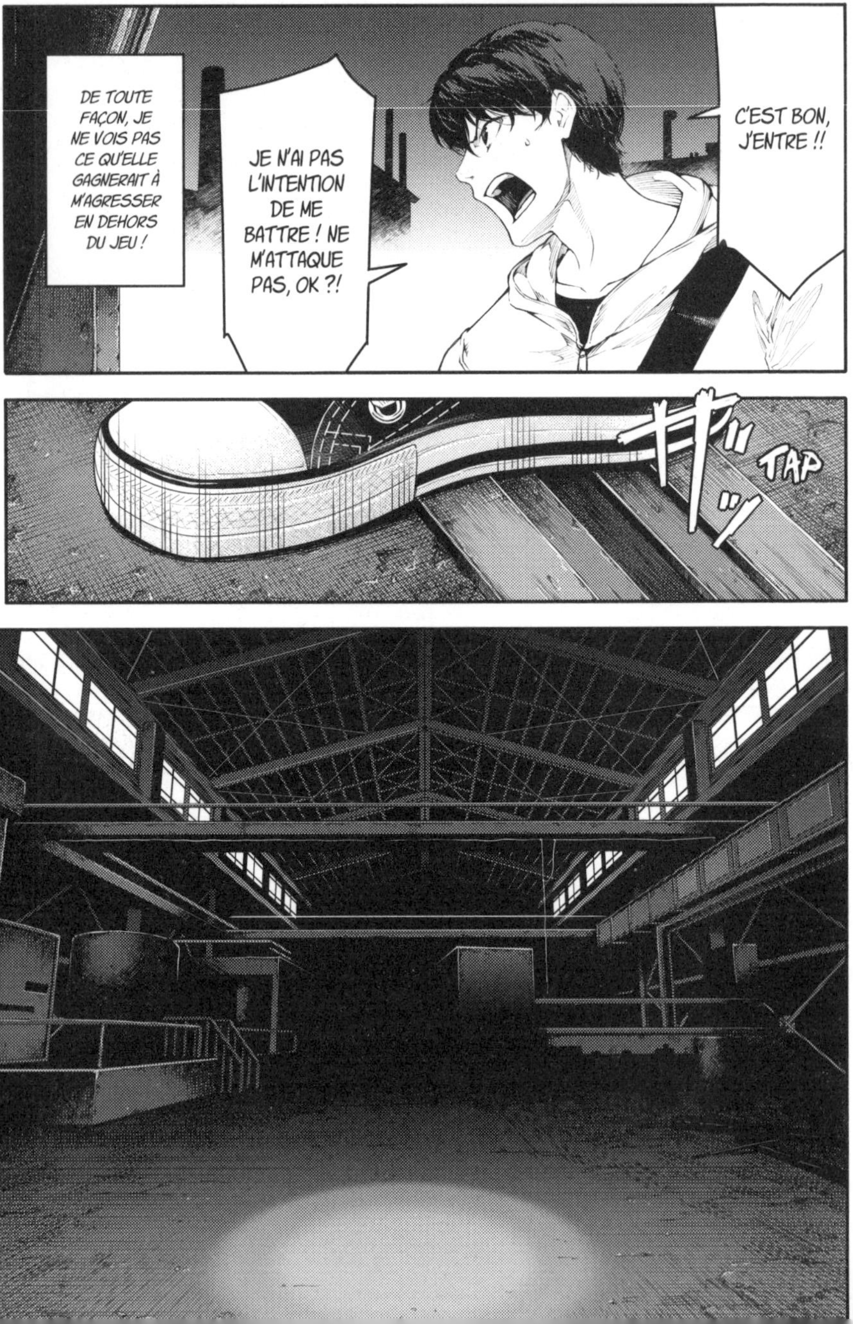
C'EST BON, J'ENTRE !!
JE N'AI PAS L'INTENTION DE ME BATTRE ! NE M'ATTAQUE PAS, OK ?!
DE TOUTE FAÇON, JE NE VOIS PAS CE QU'ELLE GAGNERAIT À M'AGRESSER EN DEHORS DU JEU !
TAP

BIP
Entre, si tu veux que je t'aide.
Sinon, rien ne t'empêche de t'en aller !
Shuka 22:08
Envoyer
C'EST VRAI QUE JE DEVRAIS LUI FAIRE CONFIANCE, PUISQUE C'EST MOI QUI LUI AI DEMANDÉ CONSEIL...
LE PROBLÈME, C'EST QUE JE NE SAIS RIEN À SON SUJET !
ENFIN, POUR L'INSTANT, IL N'Y A AUCUNE ANNONCE DE COMBAT SUR MA PAGE PERSO...
LA DERNIÈRE FOIS, IL Y AVAIT EU UN DÉCOMPTE AVANT LE DÉBUT DU DUEL...
GACHA
POINTS
NOM : KANAME SUDO
SCORE: 1 COMBAT
1 VICTOIRE
POINTS : 39
DÉTAILS
PAS D'ÉVÉNEMENT EN COURS

OÙ ELLE EST, CETTE FILLE ?
JE NE VAIS QUAND MÊME PAS FOUILLER TOUTE L'USINE !
PAR ICI !
MOUAIS... ÇA PUE LE PIÈGE À PLEIN NEZ !
EH OH !
SHUKA, TU M'ENTENDS ?!
SORS DE LÀ, S'IL TE PLAÎT !

J'AI UN TRÈS MAUVAIS PRESSEN-TIMENT...
TAP
CLIC

ΔΔΔXX-XXX, ARRONDISSEMENT OO, TOKYO
BIP
POURTANT, PAS D'ER-REUR... C'EST LA BONNE ADRESSE !
ON DIRAIT UNE USINE ...
ÇA N'A PAS L'AIR OUVERT AU PUBLIC...
N'AIE PAS PEUR, ENTRE ! ♡
ELLE NE ME LAISSE PAS LE CHOIX !

VROOOUM
VROOOUM
CRIII
キキッ
J'AI DU MAL À CROIRE QUE SHUKA M'AIT DONNÉ RENDEZ-VOUS DANS UN ENDROIT PAREIL...

Game 05

Volume
2
Darwin's
Game
005
Game 05
051
Game 06
097
Game 07
143
Game 08
189
Game ??

Le lycéen réussit tant bien que mal à vaincre son premier adversaire, un homme en costume de panda dont le sigil (sorte de faculté magique) lui permet de se rendre invisible. En quête d'informations, il décide de rencontrer en personne Shuka, une joueuse qui l'avait contacté pendant le combat...

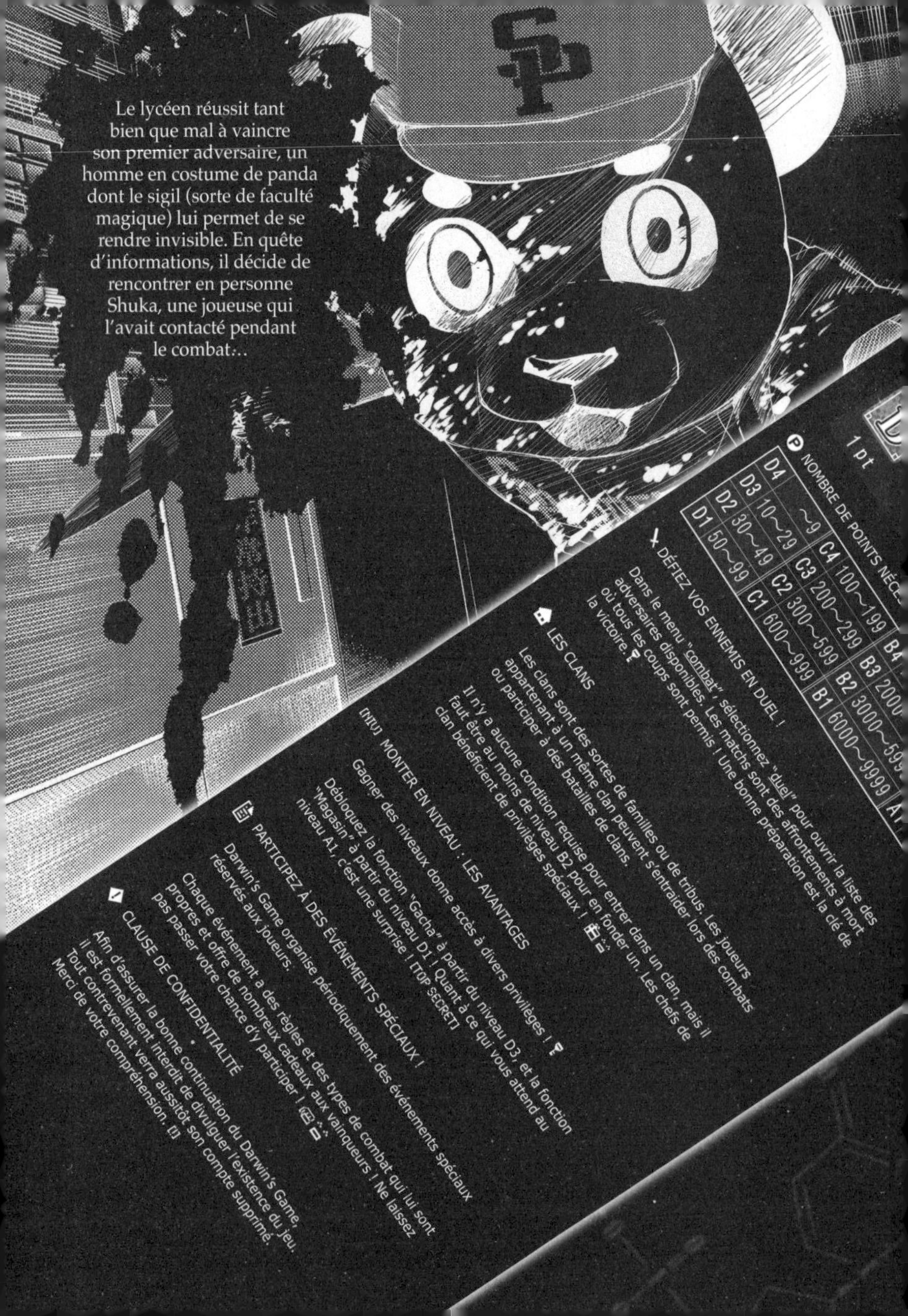

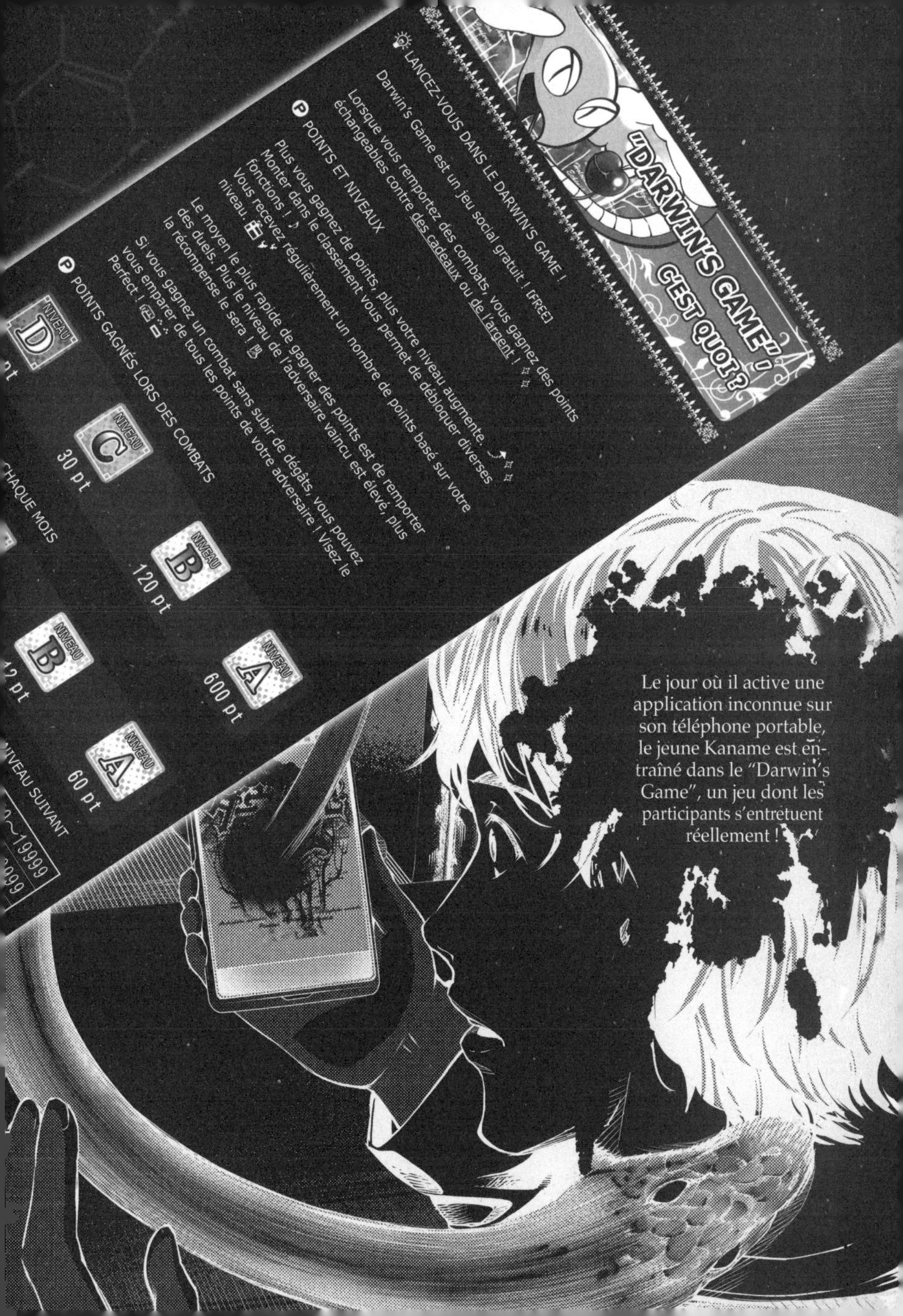

Le jour où il active une application inconnue sur son téléphone portable, le jeune Kaname est entraîné dans le "Darwin's Game", un jeu dont les participants s'entretuent réellement !

Darwin's Game

2